Le vrai père
de Marélie

COLLECTION
PAPILLON

Le vrai père
de Marélie

roman

Linda Brousseau

ÉDITIONS PIERRE TISSEYRE
5757, rue Cypihot — Saint-Laurent (Québec), H4S 1X4

La publication de cet ouvrage a été rendue possible grâce aux subventions à l'édition du Conseil des Arts du Canada et du ministère de la Culture du Québec.

Données de catalogage avant publication (Canada)

Brousseau, Linda

Le vrai père de Marélie: roman

(Collection Papillon; 44).
Pour les jeunes.

ISBN 2-89051-578-8

I. Franson, Leanne. II. Titre. III. Collection : Collection Papillon (Éditions Pierre Tisseyre) ; 44.

PS8553.R684V72 1995   jC843'.54   C95-940413-9
PS9553.R684V72 1995
PZ23.B76Vr 1995

Dépôt légal: 2ᵉ trimestre 1995
Bibliothèque nationale du Canada
Bibliothèque nationale du Québec

Illustration de la couverture
et illustrations intérieures:
Leanne Franson

À Omer Duguay

Le cœur comme
un oursin

Où est Carine? Elle m'avait dit de l'attendre sur le quai. Qu'est-ce qu'elle fait? Elle devrait être de retour depuis une demi-heure avec le cornet de crème glacée à la praline qu'elle m'a promis.

Je suis tannée de compter les goélands dans le ciel. C'est long.

Mon père, mon vrai de vrai, a quitté son bateau. Il m'a souri, jeté un clin d'œil, puis il est parti au village. Sans même me dire un mot.

Comme un étranger.

C'est trop! Encore un AUTRE qui ne me reconnaît pas!

Carine, au moins, avait de bonnes raisons, elle, de ne pas me reconnaître. Elle n'est pas ma mère. J'avais cru, à cause de ses cheveux blonds tout frisés et de ses yeux bleu poudre pour aller avec, qu'elle l'était. Elle ressemblait tellement aux mères que j'inventais dans ma tête. J'ai trouvé ça très très dur à accepter. Mais Carine a tout fait pour me prouver qu'elle n'avait aucun lien de parenté avec moi et j'ai été obligée de la croire. Sinon, je la perdais au grand complet. Elle n'aurait plus voulu me voir. Et ça, mon cœur fragile ne l'aurait pas supporté. Il aurait craqué de bord en bord.

Par contre, LUI, il n'a aucune raison valable de m'ignorer. Absolument aucune. Il est mon père. Et un vrai père n'ignore pas sa fille. Il ne l'abandonne surtout pas sur un bout de quai comme une vieille trappe à homards qui ne sert plus à rien.

Si, LUI, il ne l'a pas encore compris, MOI, je le sais qu'il est mon père. Personne au monde ne peut écrire *Marélie de la mer* sur son bateau s'il n'a pas une fille qui s'appelle Marélie. Ça, c'est certain.

Heureusement, j'ai été placée en famille d'accueil chez les Locas. Ailleurs, malgré toutes mes interminables recherches, je ne l'aurais jamais retrouvé, mon père. C'est quand même immense à fouiller les mers, les océans, les terres.

Le voici qui revient en vitesse. Pour me parler, c'est sûr. Il a dû se tracasser. Se dire: «La fille du quai ressemble... ressemble... Sardine! C'est Marélie! Ma fille! Comment ne l'ai-je pas reconnue?»

Je fais un peu l'indépendante. Histoire de ne pas trop montrer mon impatience. Je me tourne de côté et je me concentre très fort sur le goéland qui s'attaque à une brioche à la cannelle. Comme ça, il va bien remarquer mon profil identique au sien. Barbe en moins, bien sûr.

Sans bouger, je glisse mes yeux vers le coin gauche pour essayer de voir s'il s'approche. Il est là. Je regarde de nouveau droit devant moi. Puis, je jette un autre petit regard en biais.

Cette fois, c'est le choc.

Je me retourne complètement. D'un coup sec.

Carine est là. Avec les cornets qui dégoulinent. Elle avance vers mon père. Lui... lui donne des bisous doux! Qu'est-ce que ça veut dire? Ils se connaissent? Ça ne se peut pas! Il vient juste d'arriver!

La confusion s'installe dans ma tête. Mes pensées se noient dans l'inquiétude et la peur. Je me rassure aussitôt: «Tracasse-toi pas, Marélie! Au fond, tant mieux! Ce sera plus facile. Carine va te le présenter. Il va s'écrouler en larmes dans tes bras. Te serrer fort. Si fort que tu vas étouffer un petit peu. Mais ça vaut la peine d'étouffer un petit peu quand c'est ton père qui te serre. Surtout après de longues, longues, longues et éternelles années d'absence.»

Je respire, soulagée.

Que de questions j'ai à lui poser!

Ils s'approchent encore plus. Mon cœur se démène comme un poisson tombé dans une chaudière en métal. Même que je n'entends plus la mer tellement il fait un tapage monstre dans mes oreilles.

Un père beau de même! Tous les AUTRES voudraient en avoir un pareil! Mais c'est le mien! Il est à moi toute seule! Et Louis aussi a tout intérêt à se tenir loin de lui! Qu'il garde son trappeur de homards de père! Le mien, il est MARIN. Rien de moins.

Et puis, c'est clair: mon père est revenu pour ma fête. Dans trois semaines et demie pile, j'aurai onze ans. Et lui, il fait semblant de rien. Pour la grande surprise avec gâteau bourré de chocolat et tout et tout.

Dans la cale de son bateau, il a accumulé, pour moi toute seule, plein plein de cadeaux superexotiques venus des mille et un coins de la planète. Parce qu'il a voyagé, mon père. Tout partout. Les mers et les pays n'ont plus aucun secret pour lui. Et bientôt, il m'emmènera aux îles Galapagos ou dans les mers chaudes voir les tortues géantes qui me ressemblent. Paraît que certaines s'appellent les tortues Luth. Ce n'est pas pour rien! C'est même tout à fait normal. Elles luttent tellement pour retrouver leur mère qui les a abandonnées à leur naissance. Le drame, c'est qu'elles n'y parviennent jamais.

Mais, maintenant, avec mon père, nous allons les aider. Je nous imagine déjà naviguant nez au vent, serrés l'un contre l'autre, à la recherche des mamans tortues. Elles vont être contentes en mautadine quand nous allons les retrouver et les réunir. Elles vont pleurer beaucoup. Tellement que la mer va déborder.

Et puis, ce sera si bon d'être avec mon vrai père. Si doux. Si enveloppant. Si... Oup's! Carine et mon père sont tout près. À trois pas. Deux pas. Un pas.

Je retiens mon souffle. J'attends le dénouement hyperémouvant des retrouvailles au bord de la mer. Je me concentre de toutes mes forces sur le goéland et sa brioche. Mes orteils se retroussent dans mes sandales en plastique rose.

La voix douce et chaude de Carine me libère enfin de l'interminable attente.

— Excuse-moi, Marélie! Il y avait tellement de monde à la crèmerie!

Je la regarde. Ses joues sont toutes roses. Pourtant, il ne fait pas si chaud!

Je prends le cornet. La boule de crème glacée ne passera jamais. Même à petites bouchées. À cause de l'autre boule bourrée de peur qui occupe toute la place dans ma gorge. À cause, aussi, du regard profond et curieux de mon père qui m'examine. Il a l'air perplexe. Il s'interroge. Il me reconnaît, c'est sûr. Nous avons le même sourire. Ou à peu près.

Je réussis à faire mes yeux mielleux. Ceux qui brillent comme des agates au soleil quand une main chaleureuse joue gentiment dans mes cheveux. Carine passe son bras autour de mon épaule. Ils pétillent encore plus.

— Marélie, je te présente Vincent!

Vincent! Des frissons de joie dansent sur ma peau. C'est exactement comme ça que je voulais qu'il s'appelle. Comme Saint-Vincent-de-Paul. Celui qui a aidé les orphelins, les malades et les pauvres, il y a très longtemps. C'est Carine qui m'a raconté son histoire devant tous les AUTRES de la classe. Louis s'ingéniait à faire le fanfaron sur son siège pour que Carine le remarque. Sans succès. Sa stratégie n'a pas marché. Les histoires d'orphelins ne s'adressent qu'à ceux qui n'ont pas de parents. Pas aux AUTRES.

Mon père n'a pas eu le temps, lui, de s'occuper des AUTRES, comme Saint-Vincent-de-Paul. C'est normal, il devait absolument s'aider lui-même à me chercher partout autour de la planète.

Et il est enfin devant moi. Je fonds à vue d'œil sous son regard rempli de flammèches. Mon cornet aussi.

J'attends. J'attends avec impatience que Carine me dise, avec sa voix de velours: «C'est ton père. Je l'ai retrouvé pour toi. Ton nom gravé sur la coque de son bateau m'a mis la puce à l'oreille. J'ai réussi à le rejoindre. Et le voici! Le voilà! Il avait tellement hâte de te rencontrer!»

Mais ce n'est pas ça du tout qu'elle dit, Carine. Non. Elle m'annonce plutôt, avec une voix radieuse:

— C'est mon mari.

Son quoi? Son mari! C'est le choc. Mon cœur bondit dans ma poitrine et mon sang file à cent kilomètres heure dans mes veines. Mon ventre se déchire.

La mer aurait disparu dans un petit trou, d'un coup, que j'aurais été moins étonnée.

Mais la mer est toujours là. Exubérante. Débordante. Même qu'elle semble rire aux éclats.

Je frissonne, figée, les bras ballants, le dos courbé.

La gorge me fait mal. Affreusement mal. Comme si je venais d'avaler une tasse de sable.

Heureusement, j'ai une lumière logée dans la tête. Dans les situations urgentes, très très urgentes comme celle-ci, elle s'allume et éclaire la situation en quelques secondes. Et je vois mieux. Beaucoup mieux, maintenant. Si Vincent est le mari de Carine et que Carine n'est pas ma mère, donc Vincent n'est pas mon père. Et si mon père n'est pas mon père, mais, alors, qui est mon père? À moins que... bien sûr, tout s'explique: Vincent m'a conçue avant de connaître Carine. Il m'a conçue avec ma vraie mère qui, elle, a disparu par la suite. Il la recherche sur son bateau. Et moi aussi. Partout, partout. Et il n'en peut plus de nous chercher jusqu'au bout du monde. Une chance que, dans quelques instants, il va comprendre que le bout du monde n'est pas si loin, qu'il est juste à ses pieds. Ça va le soulager en mautadine.

Ma respiration reprend son cours normal.

Je suis rassurée. J'aurais été incapable, mais alors là, absolument incapable de supporter qu'il ne soit pas mon père.

Je lui offre mon sourire à une fossette, digne des plus grandes circonstances, et je lui dis:

— Bonjour papa!

Le visage de Carine s'allonge. Celui de mon père aussi.

— Marélie! Qu'est-ce que tu t'imagines encore? Vincent n'est pas ton père! Décidément, tu n'as que ça dans la tête! Si chaque personne que tu rencontres est ton père ou ta mère, la terre entière y passera!

Et v'lan! Ça saigne dans ma gorge.

La mer se retire, discrètement.

Bien sûr, Louis, l'écrevisse, a tout entendu. Il se bidonne caché derrière son rocher envahi de colimaçons.

J'étouffe ma colère. Mes larmes. Mon désespoir.

J'ai le cœur comme un oursin, avec tout plein d'épines qui s'enfoncent à l'intérieur.

Je lance de toutes mes forces mon cornet sur Carine et je cours rejoindre Suzanne, ma travailleuse sociale. Elle n'est pas encore partie. Je veux quitter ce coin de pays avec elle. Je ne veux plus vivre ici. Ni au bord de la mer. Ni chez les Locas.

Plus jamais jamais.

Personne ne me comprend. Si Vincent n'est pas mon père, comme le prétend Carine, alors pourquoi aurait-il écrit mon nom sur son bateau?

Pourquoi?

Évidemment, elle ne s'est même pas posé la question.

Et puis, c'est toujours comme ça: dès que je possède quelque chose, des hyperjaloux me l'enlèvent. Les AUTRES ne supportent pas mon bonheur. Eh bien, ils vont voir!

Il est à moi. Et personne ne me l'enlèvera.

PERSONNE!

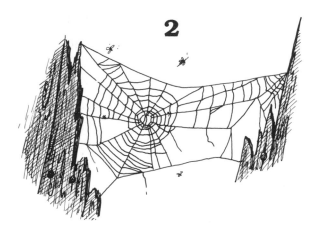

Dans le ventre
de l'épave

— **V**oyons, Marélie! Ça ne se fait pas comme ça!

— Je t'ai appelée hier pour que tu viennes me chercher! Si tu es ici, c'est pour me ramener! Tu n'as pas le droit de me laisser dans cette famille! Je ne suis pas bien! Les Locas sont méchants! Carine et tous les AUTRES aussi.

— Tu n'es pas bien nulle part, Marélie! Et je crois que monsieur et madame Locas peuvent prendre soin de toi. Très bien, même. J'en suis convaincue.

— Tu es venue me chercher! Je pars avec toi!

— Non! Je suis venue ici pour vérifier ce qui se passait, Marélie. Et je constate que les Locas sont des gens formidables et que tu devrais...

Les vagues se réveillent et se lancent à l'assaut des rochers.

— Tu constates! Tu constates! Est-ce que c'est toi qui vis ici?

Suzanne ignore, comme toujours, ce que je lui dis.

— Il va falloir que tu fasses des efforts pour...

Je hurle:

— C'est à eux de faire des efforts! Pas à moi! Tu ne m'écoutes pas! Je te dis qu'ils sont affreusement méchants! Personne ne veut de moi ici! Même pas Vincent!

— Vincent! Qui est Vincent?

— C'est mon père!

— Ton quoi?

— Mon père! Le marin!

— Bon! Ça recommence! Écoute, Marélie! Va falloir que tu mettes un frein à ton imagination! Trop, c'est trop! Tu vois des pères et des mères partout!

— Tu as juste à me dire la vérité! Pourquoi fais-tu l'hypocrite? Tu es ma travailleuse sociale! Tu es censée tout savoir de moi! TOUT! Tu n'as qu'à m'avouer que Vincent est mon père! Ce serait beaucoup plus simple!

Je la défie, les poings sur les hanches, pour que ce soit bien clair.

— De toute façon, je le sais. Pas besoin de toi! Il est mon père! Il est à moi! Et tu ne me l'enlèveras pas!

— Vincent n'est pas ton père et je te rappelle dans une semaine! Je dois partir, maintenant. J'ai une longue route à faire et j'en ai assez de tes propos qui n'ont ni queue ni tête. Tu arrêtes tout de suite de laisser voguer ton imagination! Je te demande de rester tranquille et d'écouter les Locas. Sinon, tu iras en centre d'accueil! C'est clair? Je n'ai pas envie de revenir ici toutes les semaines!

— Tu n'as pas le droit de me menacer! Tu...

— Au revoir, Marélie!

Suzanne monte dans sa voiture et claque la portière. Elle m'abandonne. Me plaque carrément là.

Je ne suis pas une trappe à homards.

Évidemment, Louis, qui est toujours là quand ça va mal, en profite pour écornifler. Il savoure sa victoire comme une partie de galettes sur plage. Il a de quoi bavasser pour cent ans.

Je fais comme si de rien n'était. Je ramasse une plume de corneille par terre puis, sans explication, je lui tourne les talons. Je marche sans me retourner.

Si le vent cessait de m'envoyer des grains de sable dans les yeux, aussi, je ne pleurerais pas!

Je me rends aux dunes. Je monte tout en haut. Me laisse rouler jusqu'en bas. Dix fois. Vingt fois. Cent fois.

Puis, dans ce désert de bord de mer, je fais la morte. Pas longtemps. Louis, qui m'a suivie, fonce sur moi comme un requin.

— Tu es morte?

— Oui! Fiche-moi la paix!

— Les morts ne parlent pas!

— Ben moi, je ne suis pas comme les AUTRES morts! Je suis une morte-vivante. Et je parle!

— Tu me fais peur!

Je me lève. Je glisse ma plume de corneille dans mes cheveux et je danse autour de lui comme une Indienne.

— Tu es folle! Arrête! Tu me donnes le tournis!

Ma tête et mes bras vont dans tous les sens. C'est un truc à moi pour chasser les vilaines pensées dans ma tête.

— Ça y est! Tu chavires? Tu fais une crise de folie aiguë.

Je lui crie dans l'oreille:

— Bououuouh! Je suis une morte-vivante! Je suis une morte-vivante!

Louis se bouche les oreilles avec les mains.

— Aïe! Ça me fait mal!

— Mal! Toi! Voyons donc! Tu ne sais pas, toi, ce qui fait vraiment mal dans la vie!

Il se braque devant moi.

— Tu penses!

— Oui! Et laisse-moi passer, es-pèce de... de... cormoran!

Je m'éloigne. Je me demande pourquoi Louis a dit: «Tu penses!» C'est étonnant, quand même! Lui avoir mal! Faut pas charrier!

Je marche sur la plage. Je marche en faisant éclabousser l'eau, en comptant les bécassines qui fuient les vagues en courant.

Jamais je ne me suis aventurée aussi loin.

Soudain, en contournant un rocher, je m'arrête brusquement. Mon regard est attiré comme un aimant par une grosse masse sombre sur le bord de l'eau. Je m'approche. Doucement. À pas de tortue. Qu'est-ce que c'est? Mon cœur bat à tout rompre. Mais... c'est... c'est une épave!

Ici?

Pas question que je me pince pour vérifier si je rêve. Je n'ai pas envie d'avoir un bleu. Les vagues s'enroulent autour de mes pieds comme pour me retenir. Mais je cours vers la masse noire pour la toucher. Avec mes mains. Avec mes yeux. Avec mon cœur.

Je fais et refais le tour de l'énorme carcasse. Qu'est-ce qu'elle fout sur cette grève? On dirait un coquillage géant abandonné.

Ce que je peux être idiote! Les épaves n'ont pas le choix de leur lieu de domicile. C'est toujours en catastrophe qu'elles échouent sur une plage.

Je continue mon inspection. Puis, soudain, je fige. Non. Pas possible. Elle... elle n'a pas de nom! Ça ne se peut pas! Tous les bateaux portent un nom!

Pour réparer l'énorme injustice, je sors mon clou de ma poche gauche et je grave mon nom sur la coque: *Marélie de la mer* et je rajoute un gros *2* pour ne pas le confondre avec celui de Vincent.

Cette épave est désormais à moi.

Je pénètre dans le ventre de l'épave comme une intruse. Des étoiles de mer s'y sont réfugiées. Elles ont des milliers de petites pattes qui gigotent dans tous les sens et leurs bras cassent à rien.

C'est fragile des étoiles de mer. Sensibles, aussi. Elles ont tout plein d'amour à donner. Et comme elles savent que les épaves contiennent toute la douleur du monde dans leur ventre, elles tentent de les consoler. Mais il y a les araignées.

Il y aura toujours les araignées.

Dès qu'elles trouvent un coin orphelin, elles s'y logent sans même demander la permission. Et elles tissent et tissent leur toile sans arrêt. Elles sont incapables de supporter les grands vides que créent les lieux abandonnés. Leur mission: les remplir.

Moi, je suis comme une épave: j'ai des araignées à grandes pattes tout plein la tête. La nuit, je me tortille dans mon lit parce qu'elles me chatouillent la cervelle en tricotant leur toile. Elles sont jalouses des beaux rêves que j'invente pour combler mes vides à moi. Dès qu'elles le peuvent, elles sautent sur la place libre pour me la voler. Et les cauchemars commencent.

Un clapotis me signale que Louis est encore dans les parages.

Pas moyen d'être seule sur cette planète!

— Salut!

— Encore toi! Tu es une véritable moule!

— Je me demandais...

— Quoi encore?

— Pourquoi imagines-tu que tout ceux que tu croises sònt tes parents?

— Ce n'est pas de tes oignons! Et puis, ce n'est pas tous ceux que je croise; tu sauras, par exemple que TOI, tu n'es pas mon père! Mon père, mon père à MOI, est marin. Et son nom est Vincent! Comme Saint-Vincent-de-Paul! D'ailleurs, Saint-Vincent-de-Paul est dans mon arbre généalogique.

Louis éclate de rire.

— Voyons donc! Saint-Vincent-de-Paul dans ton arbre généalogique! Qu'inventes-tu encore?

— Je n'invente rien! C'est vrai! Je savais que tu serais jaloux! Tu n'as pas de saints dans ton arbre et tu ne peux pas te péter les bretelles.

— Je ne suis pas jaloux! Tu ne peux pas avoir un saint dans ton arbre! C'est tout.

— Je peux avoir qui je veux, MOI! Toi, tu es obligé de t'en tenir à tes pêcheurs de homards et tes mangeurs de crevettes! Tu sauras que même Jésus est dans mon arbre généalogique!

— Jésus! Le gars de la Bible?

— Oui! Tous les AUTRES l'ont abandonné! Même son père! Ils l'ont cloué sur une croix, les brutes. Parce qu'il était trop bon! Les gens préfè-

28

rent voir les bibittes chez les autres.
Surtout chez les plus gentils. Ils
cherchent et cherchent sans arrêt.
Quand ils en trouvent une, enfin,
tout de suite ils sortent leurs gros
marteaux. Et ils cognent. Ils cognent
dur. Ils rentrent des clous gros
comme ça dans le cœur des gens
puis ils s'en vont souper après.
Comme si de rien n'était.

En tout cas! Nous nous compre-
nons, nous deux. Par contre, moi je
ne laisserai personne me crucifier.
Croix sur mon cœur d'épave.

— Tu divagues! Tu es dans les
patates par-dessus le toupet!

— Peut-être, mais toi tu as des
patates pilées à la place de la cervelle. Et ton arbre est en papier bien
mâché! Le mien, il pousse partout...

— Comme de la mauvaise herbe.

— Non. Comme des marguerites.
Et il pousse aux quatre vents! Et il
est bien plus vrai que le tien. Maintenant, va-t-en! Pas question que je
joue avec toi! Ici, c'est mon épave!

— Des épaves, ça n'appartient à
personne!

— C'est archifaux! C'est à cause
de pirates comme toi que les ba-

teaux font naufrage et qu'ils sont abandonnés par le capitaine et son équipage!

— Toi aussi, tu es abandonnée! Tu n'as pas de mère! Tu n'as pas de père! Tu es la fille de personne! Tu n'es pas Marélie de la mer, tu es Marélie de nulle part!

Je suis certaine qu'être foudroyée ça ressemble à ça. Ça fait mal. Très très mal. Ça brûle de bord en bord. Mais il ne le saura pas. Je me tourne vers la mer pour cacher mes larmes qui coulent très fort pour éteindre le feu. Puis, je rugis pour la forme:

— NON! Je ne suis pas la fille de personne! Ni Marélie de nulle part! Tu n'as pas le droit de dire ça parce que toi tu as des parents! Espèce d'escargot! Tu n'as pas le droit! Tu sauras que je suis libre, moi! Je suis libre comme le vent, les étoiles, le soleil, les vagues, les fleurs. Je n'appartiens à personne et je n'ai surtout pas une mère qui m'appelle à tout bout de champ! Va donc la rejoindre! Je l'entends d'ici: «Louis! Mon coco! Viens souper!» De toute façon, moi je rentre. Et je te défends de me suivre! Fiche-moi la paix!

Je le plaque là. Comme les AUTRES font avec moi. Et je fonce chez les Locas, les mains collées sur les oreilles pour ne plus l'entendre.

En entrant, je me jette sur le sol en criant par en dedans: «Je ne sais pas qui je suis! Je ne veux pas être l'enfant de personne! Je veux un père! Je veux une mère! Je veux qu'on m'aime! Mais je ne suis rien. Rien de rien. Pourquoi ne suis-je pas comme les AUTRES?»

Madame Locas est un peu surprise. Mais elle s'approche doucement et s'assoit à mes côtés. Par terre. Elle ne cesse de me répéter, de sa voix plus douce que l'aube:

– Je suis sensible à ta peine, Marélie. Je suis sensible à ta peine.

Comme si elle pouvait sentir et voir toute ma souffrance à l'intérieur de moi.

Je me berce très fort sur le plancher.

— Pleure. Pleure, Marélie. C'est tragique et très douloureux d'être une enfant sans parents. La vie doit te paraître bien injuste, mais sache qu'il y a des gens qui t'aiment et qui se préoccupent de toi sur cette terre.

C'est pas mal dur à croire, mais elle me caresse les cheveux. Comme si j'étais sa petite fille. Comme si j'étais très très importante pour elle.

Exceptionnellement, je la laisse faire.

Juste parce que c'est bon.

3

Tempête
en haute mer

Je monte à bord du *Marélie de la mer 1* et je me cache dans le tas de bouées de sauvetage empilées.

Je me suis sauvée. J'ai décidé de ne plus retourner chez les Locas. Et les Locas, Suzanne, Carine, Louis et tous les AUTRES n'auront pas d'autre choix que reconnaître que Vincent est mon père. Pas d'autre choix du tout.

Depuis trois semaines, j'épie les allées et venues de Vincent. Je m'organise toujours pour être sur son chemin. Comme par hasard, dès que je l'aperçois, je surgis de ma cachette. Il ne peut pas me rater. J'avance droit vers lui. En me voyant, il me sourit. Toujours. Aucun trésor n'est plus précieux, plus émouvant que le sourire de son vrai père. Je l'enfouis dans ma poche, à côté de mon clou, et je dors avec jusqu'au lendemain.

Certains jours, je n'en peux plus d'attendre. C'est comme s'asseoir sur une grosse roche plate sans savoir si une baleine va sauter hors de l'eau. C'est long. L'attente peut durer des heures et des heures. Le pire c'est que, si je regarde d'un côté, elle risque de surgir de l'autre.

Parfois, je fais de longs détours pour me retrouver face à face avec Vincent, juste dans l'espoir d'avoir un sourire. Pour avoir, encore un petit instant, son regard affectueux ancré dans le mien.

Quand je ne le vois pas, la Terre arrête soudain de tourner. Je suis tout à l'envers. Il me semble que les lendemains ne viennent jamais assez vite. Je ne cesse de me demander s'il est malade, si c'est de ma faute, s'il cherche à m'éviter et tout et tout. Je suis comme paralysée. Inquiète. Incapable de travailler sur ma chanson très très secrète que je compose en cachette.

Hier, j'aurais juré qu'il souriait moins. J'ai remarqué son regard absent. Il s'affairait un peu trop sur son bateau. J'ai aussitôt flairé le départ.

C'est interdit de monter à bord d'un bateau. Mais je n'avais pas le choix. Je me suis retrouvée sur le *Marélie de la mer* sans avoir averti personne. Mon cœur avait trop peur et je devais le calmer de toute urgence. Et il n'y avait que Vincent pour le faire.

Vincent a été très surpris, mais ne m'a pas chicanée. Il m'a accueillie comme si j'étais *chez moi*. Et j'ai appris ce que je redoutais le plus: il repartait le soir même. Ça m'a affolée. Parce que je n'avais pas eu le temps encore de lui expliquer comme il faut qui j'étais. Je n'osais pas. Ce n'est quand même pas quand un capitaine compte ses homards ou quand il charge son bateau de grosses boîtes lourdes que je peux lui apprendre qu'il a une fille: MOI.

Le moment propice n'est jamais venu.

Carine lui a parlé, mais ça n'a rien donné. Elle a même dit que Vincent avait été surpris d'apprendre que mon nom était Marélie. Marélie de la mer. Il a dit que c'était un curieux hasard. Ce nom-là, il l'avait vu dans ses rêves. Au réveil, il l'avait noté, puis adopté.

Adopté. Je déteste ce mot-là. Personne n'a jamais osé m'adopter, moi. Je n'en vaux tellement pas la peine.

Et puis, c'est loin d'être un curieux hasard. Franchement. C'est même plutôt étonnant qu'il ne s'en doute pas une miette! Qui, sur cette terre, aurait pu donner ce prénom à la fois à une fille et à un bateau, à part lui? À moins... à moins que ce ne soit ma mère.

J'entends des pas. C'est Vincent qui monte à bord. L'heure de la grande traversée est finalement arrivée. Je suis tout énervée. Les papillons dans mon ventre se réveillent.

J'attends. Qu'est-ce qu'il fout? Pourquoi ne part-il pas? Il s'approche de ma cachette. J'ai le cœur pris dans un filet. Il se démène. Il veut plonger dans la mer. Retourner sur la terre ferme.

Mais que fait-il? C'est long.

Les moteurs ronflent. S'ils peuvent se réveiller pour de bon que l'on parte!

Enfin, le bateau se met en mouvement. Je reste cachée au creux des bouées. Seule. Je suis enfin seule avec mon père!

Je regarde, par un hublot, le coucher de soleil. Le bateau glisse sur l'eau, laissant de gros bouillons d'écume derrière nous, sur la mer noire.

Vincent siffle, chante. Il a l'air heureux. Sa joie se promène de son cœur à sa voix. Il sait sans savoir. Et il est content sans comprendre.

Évidemment, il n'est pas question que je sorte de ma cachette tout de suite. Je vais attendre d'être loin loin sur la mer. D'être sur la ligne d'horizon. Là-bas, j'aurai tout mon temps. Et je pourrai enfin vivre avec mon vrai père. Et pas n'importe lequel.

Le sommeil me gagne. Doucement. Je ferme les yeux. La mer et la

voix chaude de mon père me bercent.
Je rêve. Vincent et moi sommes
maintenant en haute mer. Des dau-
phins suivent notre bateau en riant.
Des goélands le survolent en chan-
tant. Soudain, un énorme nuage noir
surgit dans le ciel. Comme ça. Sans
avertir. Il fonce sur nous comme un
train qui déraille. Je n'ai jamais vu
ça! L'eau bouillonne d'un coup. Les
vagues se transforment en monta-
gnes et se rabattent avec fougue sur
le bateau qui tangue de plus en plus.
Je grelotte. Je tremble de partout. Je
veux me coller contre Vincent. Je
veux qu'il me protège. Mais il n'est
pas là! Où est-il? Je vais me noyer!
La vague va... va m'avaler! Je vais
mourir sans lui avoir révélé mon secret!

Désespérée, morte de peur, je
m'égosille:

— Papa! Papa! Au... au secours!

Les éclairs tombent du ciel comme
des lances. Le tonnerre claque dans
mes oreilles. La grêle, grosse comme
des œufs de tortues géantes, s'en
mêle. De nouvelles vagues soulèvent
les bouées où je suis blottie. Elles
veulent me saisir aussi. Mais Vincent

arrive. J'entends ses pas mouillés sur le pont. Il vient me sauver. Il est tout près. Il crie:

— QU'EST-CE QUE TU FAIS ICI?

Je me réveille en sursaut. Vincent est devant moi. Furieux. Hors de lui. Il n'y a ni éclairs, ni tonnerre, ni grêle. Ce ne sont pas les vagues qui saisissent une après l'autre les bouées de sauvetage qui me protègent. Non. C'est lui. Mon père. Et il les lance de tous bords tous côtés sur le pont avec fureur.

Il répète, d'une voix très irritée:

— QU'EST-CE QUE TU FAIS ICI?

Je tremble. Clouée au fond d'une bouée, j'ai peine à articuler:

— Je... je voulais partir avec toi. Je...

— Pas question! Je te ramène tout de suite!

Je tente de le calmer, de le rassurer.

— Mais papa!

Les yeux bleus de Vincent virent au noir. Il hurle:

— Je ne suis pas ton père! Et je n'ai surtout pas envie d'être accusé de rapt d'enfant! Tu t'assois là et tu ne bouges pas tant que nous ne sommes pas arrivés! C'est compris! Non mais! Comme si j'avais le temps de m'occuper d'une fugueuse!

Il fulmine. Je le regarde, suppliante. Dans ma tête, je lui dis: «Donne-moi une toute petite chance! Tu verras! Mon sourire est identique au tien! Enfin, presque. Je suis ta fille à toi! C'est juste que tu ne t'en souviens pas.»

Il se détourne de moi.

Je voudrais lui parler. Mais les mots restent prisonniers dans la toile d'araignée qui ne cesse de grossir dans ma tête et qui descend dans ma gorge.

Je reste silencieuse comme les tortues au fond de la mer. Je n'en mène pas large. Mon cœur fou court sur le pont. Il lance des S.O.S. Jamais je n'aurais cru qu'un père qui retrouve sa fille puisse être si en colère! Je sens qu'il me déteste. Pourquoi? Il ne peut pas me haïr! Pas lui!

Je ravale ma salive dans mon coin. Elle s'accumule dans mon ventre comme l'eau dans la cale d'un bateau en péril. Ça brasse là-dedans. J'ai mal au cœur.

Mes épaules se courbent de plus en plus. Mes cheveux au vent se bataillent entre eux. Mes dents claquent toutes seules. Mes yeux s'inondent. Je les empêche de déborder en battant très fort des paupières. Je suis incapable de détacher mon regard du dos de mon père.

Avec mon pouce, je le dessine sur le bout de mon index. C'est une autre manie. Pour me souvenir. Pour ne pas perdre. Pour le graver quelque part.

Derrière nous, le bateau laisse une longue traînée. Comme un chemin, une route, qui aurait pu être la nôtre, mais qui se referme comme un tombeau.

Je me berce. En avant. En arrière. En avant. En arrière. Que va t il m'arriver encore? Personne ne veut de moi. Personne ne m'aime. Même mon vrai père. C'est très dur pour le cœur.

Les nuages aux longues franges blanches se transforment en terribles griffes noires dans le ciel bleu-gris.

Mon ombre frémit sur le pont.

Le jour se lève sur le petit village avec un nouveau drame sur les bras. Et le bateau s'approche bien plus vite qu'il ne s'était éloigné.

Le phare, allumé sur la pointe, est incapable de prévenir ou d'éviter mon naufrage.

Vincent accoste. Puis, il me saisit par le poignet et me ramène de force chez les Locas. Si seulement je pouvais me sauver jusqu'à l'épave.

Les garde-côtes, la police, Carine, Louis et tous les AUTRES sont là. Ils sont tous attroupés devant la maison avec un air d'enterrement.

J'ai la mort dans l'âme.

Vincent me traîne, me tire par le bras comme s'il voulait me l'arracher. Je ne suis quand même pas une étoile de mer! Mon bras ne repoussera pas tout seul!

Plus je m'approche, plus l'expression des visages se transforme. De surprise. De joie. De colère. Je pense qu'ils comprennent, rien qu'à voir la réaction de Vincent, que j'ai fait une bêtise. Une mautadine de grosse bêtise.

Vincent me pousse devant lui:

— Je vous la ramène! Elle s'était cachée sur mon bateau et je ne m'en étais pas aperçu! J'espère que vous allez surveiller cette petite écervelée!

Fini les mots gentils! Vincent est redevenu un étranger. Un inconnu qui ne mâche pas ses mots.

Il parle un instant aux policiers, à madame Locas, embrasse Carine devant moi et s'en retourne. En m'ignorant. En rugissant:

— Quelle perte de temps!

Louis rigole. En passant devant lui, il me glisse:

— Tu aurais pu tomber en bas du bateau et te faire manger par une baleine!

Si je pouvais, je lui sauterais au visage. Mais il y a Suzanne avec sa furie dans le regard.

— Tu as dépassé les bornes, Marélie! À peine arrivée à Montréal, j'ai dû revenir ici! Et pourquoi? Parce que mademoiselle fait des siennes! C'est inacceptable! Les Locas étaient morts d'inquiétude! Comment as-tu pu leur faire ça? Ils sont si gentils! Je te ramène avec moi! Tu l'auras voulu!

Ma respiration s'arrête net. J'ai envie de tout saccager. D'arracher les roses et les rhododendrons du parterre. De casser la chaise berçante de monsieur Locas. De piétiner tout son potager. De lui dire que ce n'est pas juste, que personne au monde ne me comprend. Pour lui montrer, une bonne fois pour toutes, que je ne suis pas d'accord du tout. Mais je n'arrive qu'à dire d'une voix blanche, éteinte:

— Non! Je... je ne veux pas!

— Il n'y a pas de «Je ne veux pas!» Tu n'as plus un mot à dire. Ton sac est dans ma voiture. Monte tout de suite! Tu as eu une belle chance, Marélie, et tu ne l'as pas saisie. Tu es responsable des conséquences qu'entraînent tes comportements. Et ma patience a des limites.

Mes sandales pèsent une tonne et collent au sol. Elle va m'emmener dans un centre d'accueil! Dans ma tête, je continue de crier: «JE NE VEUX PAS! JE NE VEUX PAS! JE NE VEUX PAS!»

Elle n'entend pas.

Rares sont ceux qui entendent le cœur d'un «cas problème».

— Allez! Monte! Je n'ai pas que ça à faire!

Elle parle fort. Pour que les AUTRES remarquent. ME remarquent dépossédée de tous mes moyens.

Mes jambes ne m'écoutent pas. Elles obéissent plutôt à l'ordre de

Suzanne et se dirigent à pas de tortue vers la voiture. Je leur ai pourtant dit de ne pas bouger. De se révolter. De la défier.

Le pire, c'est que j'ai l'impression de voir des larmes naître dans le regard de Louis. Évidemment, ça ne se peut pas. Ce sont sûrement mes yeux mouillés qui font des mirages dans les siens. Mais il me dit, avec de gros *mottons* dans la voix:

— Marélie! Ne t'en va pas!

C'est très très très étonnant venant de sa part. Mais je fais comme si je n'avais rien entendu. C'est le genre de phrases auquel il ne faut pas s'attarder dans la vie. Surtout quand on a déjà le cœur en guimauve.

Je serre les dents pour y parvenir. Ça aide. Mais pas beaucoup beaucoup. Il y a trop plein de larmes dans mon corps et c'est difficile.

La mer gronde, se démène. Elle n'a pas l'air contente du tout. Elle ne veut pas que je parte. Ça se voit. Elle est en colère. Elle hurle. Elle se précipite contre les rochers. Elle tente de me rattraper.

Elle est toute démontée.

Moi aussi.

Les goélands, eux, sont figés un peu partout, sur la plage et sur les rochers. Leurs ailes sont repliées sur leur bedon gonflé de peine. Du coin de leur œil embué, ils me regardent prendre place dans la voiture. Qui va leur donner des bouts de pain, si je m'en vais? Qui va leur chanter des chansons? Qui va leur parler des tortues géantes? Louis? Sûrement pas! L'espèce de pieuvre à mille pattes. S'il en était capable, il leur arracherait toutes leurs plumes.

Et puis, c'est de la faute à Vincent, aussi! Il n'a pas voulu me reconnaître! Et il n'a même pas voulu m'écouter! Si seulement il pouvait se réveiller et s'apercevoir de son erreur. Il reviendrait sur ses pas en courant. Il prendrait sa voiture et tenterait par tous les moyens de venir me chercher. Malheureusement, je ne suis pas dans un film. Aucune chance de rebondissement de dernière minute. Non, personne ne viendra me sauver.

Et ça, c'est dur en mautadine.

Suzanne se tourne vers les Locas.

— Je vous appellerai de Montréal.

Puis, elle démarre en trombe. Mon cœur cogne plus fort que son moteur. On dirait qu'il va bondir hors de la voiture.

Je m'éloigne de la côte. De la petite maison en bois. De Carine. De Louis.

Je jette un dernier regard dans le rétroviseur. Madame Locas est sur la galerie, enroulée dans sa veste de laine grise. Elle la tient serrée à la hauteur du cœur. Comme s'il manquait des boutons.

Louis, blotti contre Carine, essuie une larme du revers de sa manche.

Derrière moi, la mer disparaît.

Mon cœur, plus fragile qu'un œuf de tortue, craque. De nouvelles araignées tissent leur toile dans ma tête. Qu'est-ce que j'ai fait de si grave? Pourquoi est-ce interdit d'aller visiter son père? Pourquoi n'ai-je pas de place dans le cœur de Vincent? Pourquoi refuse-t-il tous d'entendre la vérité? Pourquoi tout ça m'arrive-t-il? Qui a décidé de me laisser venir au monde? Qui? Et pourquoi, après, m'a-t-on abandonnée? JE VEUX SAVOIR. Il est impossible que je vienne de nulle part. Absolument impossible.

Peut-être que Louis a raison: je suis l'enfant de personne. Et être l'enfant de personne, c'est pire que d'être une tortue sans mère. Parce que les tortues, elles, au moins, sont libres de choisir où elles veulent aller. PAS MOI.

La tête appuyée contre la fenêtre, je pleure. Par en dedans, bien sûr. Pas question que Suzanne voie mes larmes.

De toute façon, je m'en fous de m'en aller! L'important, c'est d'arriver à partir comme si j'allais revenir. C'est un truc. Ça fait moins mal. Mais le malheur c'est que, pour revenir, il faut faire demi-tour. Et quand on est enfant, ON NE PEUT PAS faire cela. Il faut attendre d'être vieille, d'avoir dix-huit ans.

Je serre mon collier de perles très très fort dans ma main. Je m'y accroche, m'y agrippe. Toute ma vie semble en dépendre. Il est le seul lien qui existe désormais entre Carine, la mer et moi.

Nous roulons, roulons. La voiture m'emmène je ne sais trop où. Et c'est ça le pire: L'IN-CON-NU.

Soudain, dans un geste inattendu, un geste de rage, je lance de toutes mes forces mon précieux collier de perles par la fenêtre. Comme si, tout d'un coup, je le détestais, je n'en voulais plus. Comme si, subitement, je haïssais Carine et les AUTRES pour de bon.

Je frissonne. J'aurais besoin d'une grosse couverture chaude et moelleuse pour nous réchauffer, moi et mon cœur.

La route s'éternise. Suzanne allume la radio. C'est Catherine Karnas qui chante, juste pour moi, un bout de sa chanson, *Déracinée*, que j'aime le plus au monde:

> *...J'ai dû m'éloigner du port,*
> *poussée vers le large un jour de tempête;*
> *les vagues ont dû brouiller le sort*
> *et la pluie tombe dans ma tête.*
> *J'me sens parfois*
> *comme ces radeaux,*
> *sans mât sans voile,*
> *qu'on jette à l'eau...*

Moi aussi, un jour, ma chanson va jouer à la radio. Et la terre entière va l'entendre. Parce que, quand je serai grande, je serai chanteuse. Et les gens vont venir de partout pour me voir. Pour m'entendre. Pour m'applaudir à tout rompre. Des rappels, il va y en avoir des centaines et des milliers. Du jamais vu. Je vais être une vedette. La plus grande du monde entier. Et je vais signer des autographes sans bon sens. Ça va me donner mal aux doigts, tellement la demande sera énorme. Et je vais être aimée comme ce n'est pas permis. C'est Louis qui va être encore jaloux de mon succès phénoménal.

En attendant, je chante dans ma tête les chansons les plus tristes du monde. Et j'écoute celle de Catherine qui me déchire littéralement le cœur. Parce qu'elle a les vrais mots pour dire ma souffrance à moi.

Une voiture nous dépasse. Une dame me sourit, m'envoie la main. Je tente de garder ce sourire en mémoire. Comme une photo. Je n'y arrive pas. Impossible de me concentrer. Mon collier refait surface dans ma tête. Je ne pense qu'à lui, seul, abandonné quelque part sur la route.

Peut-être que quelqu'un l'a écrasé.

Puis, le cœur soudain tout retourné, je crie à Suzanne:

— Mon collier! Mon collier! J'ai échappé mon collier!

4

Naufrage en ville

C'est ma fête.

Le seul cadeau que j'ai eu, c'est une nouvelle famille. Plate. Laide. Qui vit dans un appartement en plein cœur de Montréal. C'est affreux. Ça pue. Et ils vont le savoir.

Et puis, c'est écœurant en mautadine! Je n'ai même pas droit à un petit gâteau au chocolat de rien du tout! Même pas à une chambre pour moi toute seule! Je dois la partager

avec Mona Dubois, la fille de Colette!
Elle me regarde de son œil d'autruche: celui qui ne veut pas me voir, qui refuse que j'existe dans son univers. Ma présence la DÉ-RAN-GE.

Eh bien moi, je l'ignore aussi. C'est mieux. Je me revois dans la voiture avec Suzanne. Elle n'a pas aimé le coup du collier de perles. Elle pompait. Ça se voyait à ses narines qui s'ouvraient et se refermaient. À ses mâchoires, aussi, qui se serraient et se desserraient. J'aurais pu ne jamais le retrouver. Il aurait pu être écrasé. Brisé. Disparu à tout jamais. J'ai ouvert au maximum mes grands yeux vert tortue. Je le cherchais partout, partout. Et je ne le voyais nulle part. Ça cognait dur dans ma poitrine. Puis, à la toute dernière minute, je l'ai retrouvé. Il m'espérait, sur le bord du fossé, comme un petit serpent blanc, abandonné. Je ne le lâche plus maintenant. Je me lave même avec. Pas de danger de l'abîmer, puisque des perles ça vit dans l'eau.

Avant de m'emmener ici, chez les Dubois, Suzanne s'est arrêtée quelques minutes à son bureau. Je l'ai suivie. Elle a ouvert mon dossier sous mes yeux. Elle cherchait l'adresse de ma nouvelle famille, «temporaire», a-t-elle précisé, menaçante. En attendant qu'une place se libère au centre d'accueil.

Je la déteste. Quand va-t-elle me demander mon opinion? Et m'écouter, surtout? Ce n'est pas elle qui va devoir coucher dans un dortoir, manger dans une cafétéria comme à l'école et, surtout, endurer les sarcasmes et les méchancetés des AUTRES. Je suis obligée de me tenir dans un coin et de les ignorer.

Elle est sortie à peine quelques secondes, le temps que je pique une enveloppe qui dépassait des papiers, puis nous sommes reparties.

J'ai l'enveloppe entre les mains. Je n'ose pas l'ouvrir; pas tant que «miss autruche» n'aura pas dégagé la chambre. Ce qui ne semble pas être son objectif immédiat. Elle sort sa tête de la garde-robe et ses yeux se braquent sur mon enveloppe.

— C'est quoi?

— D'après toi? Une crevette, peut-être!

— Qu'est-ce qu'il y a dedans?

— Ça ne te regarde pas!

Elle essaie de me l'arracher des mains!

Je la foudroie de mon regard glacial. Celui qui cristallise en iceberg tous les AUTRES. Ceux qui me veulent du mal. Mona gèle raide.

— Et ne touche jamais à MES affaires!

Puis, comme si le soleil lui tombait dessus, Mona dégèle d'un coup et me balance avec fierté et orgueil:

— Ton regard de Pôle nord ne me fait pas peur! Tu es chez moi, ici, Marélie-j'sais-pas-qui! Ne l'oublie jamais! Et tu devras m'obéir au doigt et à l'œil! Sinon, je vais dire à ma mère que tu es méchante et que tu racontes tout plein de mensonges. Maintenant, je t'ordonne de faire mon lit et de ranger ma chambre.

Elle m'ordonne. Mona Dubois m'ordonne, à moi, de faire SON lit et de ranger SA chambre.

Je me lève doucement. Et quand un «cas problème» se lève doucement, comme si de rien n'était, il faut se méfier terriblement. Parce que, mine de rien, ça ne paraît pas beaucoup beaucoup, le bouillon, en dedans. Et ce n'est pas écrit sur le visage: ATTENTION! MONSTRE SUR LE POINT DE MORDRE!

Elle s'imagine que je vais lui obéir. Que je vais prendre gentiment ses draps picotés rouges et les étendre en douceur sur son lit. Que je vais ranger sa chambre et tout et tout. Eh bien...

ELLE SE TROMPE!

Je saute sur son lit avec rage. J'arrache son drap, sa couverture, son oreiller et je les jette par terre. Avec fureur, éclairs et tonnerre inclus, je les piétine, les bombarde de coups de pied. Je suis enragée bleu marine. Je hurle:

— Ça ne me dérange pas du tout! Je ne t'obéirai jamais! Et puis, pas besoin de lui mentir à ta MAU-MAN! Tant qu'à lui rapporter des mensonges, va donc lui dire que je t'ai traitée de poupoune, de nounoune et de poupée de plastique sans cœur! Tu ne me fais pas peur, Mona-de-la-mare-aux-têtards!

— Ça ne se passera pas comme ça! Tu n'as pas le droit de m'insulter! Tu n'es pas chez toi, ici!

— Tant mieux!

Je la fixe de mon mauvais œil. Je me pratique parfois devant mon miroir pour qu'il soit parfait. C'est un outil précieux pour les moments très graves comme celui-ci.

Mona Dubois sort en trombe, claque la porte.

Mon cœur n'arrête plus de s'énerver. Mautadine! Elle m'a appelée Marélie-j'sais-pas-qui! Eh bien, elle va le savoir comment je m'appelle!

Je saisis le clou qui est dans ma poche gauche et je grave *Marélie de la mer* sur son bureau, sur le mur au-dessus de son lit, partout, partout, partout. Même sur son miroir. Même sur ses beaux souliers rouges. Même sur le visage angélique de sa poupée vêtue d'une robe à crinoline. De cette manière, mon nom restera gravé à jamais dans sa mémoire. Qu'elle ne s'imagine surtout pas que je vais rester ici. Je ne suis que de passage, moi. Comme les bateaux. J'accoste et je repars. Et même si j'ai fait naufrage dans sa maison, je vais repartir un jour. Je vais m'en construire un radeau. Tout neuf. Tout beau. Qui va au bout du monde.

J'en profite pour ouvrir l'enveloppe en vitesse. À l'intérieur, se trouve une photo: un grand *slack* bedonnant qui tient une bière dans sa main. Qui est-ce, celui-là? Il est tellement laid. Un vrai serpent à sonnettes. Il a deux raisins secs à la place des yeux, un navet à la place du nez et des oreilles en forme de clochettes. Je la retourne. À l'endos, je déchiffre un nom écrit nerveusement à la main: «Pierre Côté». J'ai à peine le temps de me demander ce qu'il fout dans mon dossier À MOI, que je lis: «père de Marélie».

J'avale mon cri tout rond.

Je relis. Parce qu'il y a des mots, comme ça, dans ma vie, qui ne prennent pas le même chemin que les autres. Ils s'enfargent dans mes cordes vocales, se coincent dans ma gorge tellement ils sont gros et écorchent mon cœur sans crier gare.

Une menace plane subitement sur mes frêles épaules qui s'arrondissent. Je relis. Relis et relis le nom comme pour bien m'assurer que j'ai mal lu. Mais c'est toujours le même nom qui apparaît.

Les murs tremblent. Le plancher valse. Là, ça ne va plus du tout.

J'examine la photo, tremblante.

Non! Ce n'est pas possible! Qu'est-ce que ça veut dire? Cet... cet homme ne peut pas être... être mon père!

Je demande à mes yeux de ne plus regarder la photo. De la fuir. D'ignorer qu'elle existe. Mais ils s'y agrippent, fous d'inquiétude. De peur. De questionnement. Ils cherchent. Cherchent la ressemblance possible. Cherchent les détails. Cherchent à comprendre. Cherchent l'erreur.

Mon cœur crie au secours. Il veut sauter par la fenêtre. Ma tête répète sans arrêt ce que je ne veux ni croire ni voir: «père de Marélie, père de Marélie, père de Marélie». Il y a des «NON!» de toutes les grosseurs qui se promènent un peu partout dans ma tête. Tout se mélange. Tourbillonne. Mon ventre est agité, comme sur le bateau... «père de Marélie, père de Marélie». C'est le trop-plein. La main au bord des lèvres, je me lève d'un bond pour éviter...

Trop tard.

Je vomis mon cri, ma peur et mon déjeuner sur le matelas de Mona.

J'ai chaud. Je respire mal. Je m'essuie la bouche avec son drap, par terre. Je reprends la photo. Elle me gèle les doigts. Me brûle les yeux. Mon cœur se débat comme si on m'apprenait que Frankeinstein était mon père. Je marche dans la chambre. Je marche. Je ne sais pas pourquoi, mais je marche. Il faut que je bouge.

Mettre un visage sur le néant, c'est foudroyant. Un million de coups de tonnerre éclatent dans ma tête et pulvérisent instantanément mes images de pères à moi.

Puis, les mots se fracassent entre eux comme des vagues. La colère monte, monte, **monte**.

Lui! Mon père! Impensable! Inimaginable! Il... il est bien trop laid! Personne ne me fera avaler ça! JAMAIS!

Et puis, je déteste qu'il ait les yeux vert tortue comme les miens. Ça, je ne le prends pas du tout. C'est pour me tromper.

Une adresse est inscrite sous le nom.

Son adresse?

Je glisse la photo dans ma poche droite et je me sauve. Je veux en avoir le cœur net.

Mona, la pas fine, s'arrangera avec les dégâts. Elle a une mère, ELLE, pour s'occuper d'elle!

Pour m'y rendre, je marche sur la voie ferrée. Je saute sur les traverses de bois. J'arrive au tunnel. Au tunnel qui n'a pas de lumière au bout. Impossible. Puisqu'un train fonce sur moi à vive allure.

Urgence.

Je me jette dans le fossé et l'écoute passer les yeux fermés bien dur. Puis je me relève et je continue ma route. Je commence à être habituée aux obstacles et aux malheurs qui surgissent n'importe où, n'importe quand. Je passe ma vie à les éviter et à les contourner.

Sans succès.

À l'adresse indiquée, s'élève une usine de balais. Étrange. Est-ce que ça veut dire qu'il travaille ici?

Je me cramponne au poteau de téléphone. Mes jambes ressemblent à des mollusques sortis de leur carapace. C'est risqué en mautadine d'être ici.

Mais je suis quand même soulagée. L'évidence saute aux yeux: cet homme n'est pas mon père. Voyons donc! Je viens du côté des couchers de soleil, moi. Du côté de la mer. Pas de celui des usines et des manufactures. Si Louis savait ça, il se moquerait de moi. Et puis, il ne me ressemble pas une miette! Ce n'est pas lui! Mon père n'est pas une girafe à lunettes, à clochettes et à sornettes! Pas du tout! Il est beau comme trente dieux! Intelligent comme mille savants. En plus, il vit dans un château. Au bout du monde. Sur une île peuplée de tortues. Mais ça, c'est un secret. Un secret très très personnel à moi. Personne ne doit le savoir. Il y a beaucoup trop de jaloux sur la terre.

Le grand *slack* sort avec sa boîte à lunch, suivi d'une horde d'employés à petites casquettes. Il est si grand qu'on dirait qu'il n'a qu'à tendre le bras pour toucher le ciel et écarter les nuages. Ses jambes sont de longues perches. Ce qui n'est pas mon cas! Selon Louis, je dois venir de Cuba. J'ai les talons collés aux fesses. Deuxième indice flagrant qu'il n'est pas mon père. Une girafe ne peut quand même pas donner naissance à une tortue.

Non. Ce géant n'a AB-SO-LU-MENT rien de commun avec moi. C'est un étranger pur et simple. Lui et un passant sur la rue, c'est pareil. Pas de comparaison.

Il me dépasse sans me reconnaître. C'est tout à fait normal. S'il avait été mon père, il m'aurait déjà reconnue et abordée!

Rassurée, je ramasse mon sac pour repartir mais, brusquement, monsieur gratte-ciel se retourne. Il me regarde curieusement. Trop curieusement. Comme s'il... s'il me reconnaissait! Allons donc! Il se trompe. Il y a erreur sur la personne. Mon soulagement se transforme en inquiétude.

Il s'approche. Lui et son ombre de cent kilomètres. Il est un peu trop près. Je n'aime pas ça. Non. Je n'aime pas ça du tout.

Mes jambes ne veulent plus bouger. J'ai beau protester, elles ne m'écoutent pas quand je leur dis de courir, de s'enfuir. C'est un signe. Un signe très très très inquiétant.

Le grand *slack* hésite, continue. Le voici tout proche. Il se penche vers moi avec sa grosse titine au menton.

Un monstre à quatre-vingts dents ultrapointues me ferait moins peur.

Je me détourne. Au cas où il verrait une ressemblance qui n'existe pas du tout. Ça m'a tout l'air d'être son genre.

Il me déboule un tas de questions parfumées à l'ail:

— Qui... qui es-tu? Que fais-tu ici? Quel âge as-tu? Tu... tu ressembles à... à... Ne t'appellerais-tu pas Marélie, par hasard?

Comment sait-il mon nom, celui-là? Ça devient effrayant, cette situation. Et puis quelle voix! Mon père à moi devrait avoir une voix pareille à la mienne: douce comme de la mousse de mer. Pas rauque à écorcher les mots, quand même! S'il pense en plus que je vais lui confirmer que je m'appelle Marélie...

— NON! Et si tu m'approches, je vais crier au secours!

D'ailleurs, ses petits yeux inquisiteurs ne brillent pas comme ceux d'un père qui retrouve sa petite fille adorée. Non. Ils scrutent. Questionnent. Fouinent. Essaient de percer mes secrets à moi. Mais pas question. Les secrets, c'est secret.

Il a l'air bouleversé. Je ne comprends vraiment pas pourquoi.

— Oui! C'est toi! Je suis certain que c'est toi! Ta petite frimousse est identique à celle de ta mère. Comme si vous étiez jumelles, mais d'âge différent. Oh Marélie! Je suis ton père! Te rends-tu compte?

Si je me rends compte! Non mais! Certain que je me rends compte. Je me rends même très bien compte qu'il n'est pas MON père. Est-ce que c'est clair? Il devrait laver ses raisins. Parce qu'il ne voit pas clair du tout. Me semble que c'est évident, gros comme la mer, que nous ne nous ressemblons pas.

Le pire, c'est qu'il me prend dans ses bras. Il pleure comme un gros bébé la-la. Il renifle dans mon cou. Ça me dégoûte. Je me tiens raide comme une branche. Dans des moments comme ça, il ne faut surtout pas craquer. Ça peut paraître louche. Il ne me fera pas chanceler, celui-là. J'ai le pied marin, moi.

Il s'entête:

— Marélie! Ma petite Marélie chérie! Je t'ai enfin retrouvée! Je t'ai tellement cherchée!

Cherchée! Le menteur! L'hypocrite! L'imposteur! C'est moi qui l'ai cherché! Pas lui! Et c'est moi qui ai appelé tous les Côté du bottin. Pourquoi n'at-il donc pas répondu à mon appel s'il est mon père? Hein? Pourquoi?

En plus, il ne me ressemble pas une miette! S'il est mon père, il devrait me ressembler un peu des yeux, du nez, du menton, des orteils, bref, de tout partout! C'est normal. On est parent ou on ne l'est pas. Ça prend un minimum, au moins, d'air de famille.

Il me tend la main.

Qui voudrait prendre une grosse main poilue aux doigts longs comme des vers de terre?

Pas moi!

— Viens, je vais te raconter ce qui s'est passé! Tu dois être morte d'envie de le savoir.

— Morte, oui. Mais de peur.

— Allons au restaurant!

Je refuse net. J'ai quand même des limites. Mais il insiste en disant trois puissants mots magiques: PATATES FRITES et COKE.

Je le suis. À distance. Une fois au restaurant, je m'écrase sur le banc en face de l'IN-CON-NU.

C'est étrange, pas une patate ne passe. Je les écrase avec mes doigts dans le ketchup. Lui, il continue de m'asperger de son tas de questions:

— Où étais-tu? Où demeures-tu? Qu'est-ce que tu as fait tout ce temps-là? Est-ce qu'on t'a bien traitée? As-tu...

Il me semble que c'est lui qui devrait tout me raconter! Je me retire un instant dans ma tête. Pour ne plus l'entendre. Je me retrouve nez à nez avec la petite phrase qu'il m'a dite sur le trottoir: «Ta petite frimousse est identique à celle de ta mère.» Ma mère. Qui est-elle? Que sait-il d'elle? La connaît-il vraiment?

J'observe le grand *slack*. Ses raisins sont gonflés d'eau. J'ai envie de lui lancer toutes mes patates frites au visage. Peut-être qu'il m'écouterait. Après tout, ce n'est pas à lui à poser des questions! C'est MOI qui me suis rendue à son usine de balais. Et même s'il n'est pas mon vrai père, j'ai droit à des explications du genre: que fout-il dans mon dossier? Il ne s'est pas trouvé là par hasard!

De toute façon, je n'en veux pas de ce père-là! Ce n'est pas le mien!

S'il pense qu'il lui suffit de prononcer mon nom pour être mon père, il se trompe. S'il s'imagine en plus trouver un lien de parenté, il se trompe encore plus. Son lien n'est pas plus gros qu'un fil d'araignée. Et il va casser au moindre souffle. Je m'arrange pour qu'il comprenne bien ça. Je crie dans ses clochettes pour que ça résonne le plus longtemps possible:

— Tu n'es pas mon père! Je ne suis pas ta fille! Et je ne veux rien savoir de toi! Regarde cet homme!

Je lui montre un bel homme qui sirote son café au lait.

— Lui, il me ressemble bien plus! Il a les cheveux aussi noirs que les miens et son dos est voûté! D'ailleurs je vais aller le lui dire!

Le grand *slack* s'agite. Les clients nous observent.

— Marélie!

— Quoi!

Ses raisins tournent au vert gazon. Ils sont mûrs, il va encore pleurer. Il appuie fortement sur chaque mot pour être certain de me convaincre comme il faut:

— JE... SUIS... TON... PÈ-RE.

Une onde de choc me traverse. Mon poil se dresse au garde-à-vous. Des frissons parcourent mon corps tout entier. Et les frissons, c'est un système d'alarme puissant en mautadine. Quand ils surgissent sur ma peau comme des fourmis, je dois déguerpir au plus vite. C'est ce que je fais. Je saute les deux pieds au sol et je me sauve, sans oublier de lui lancer une patate frite pleine de ketchup au visage. Je ne suis pas méchante, mais j'ai horreur que l'on me raconte des histoires pas vraies du tout.

Je crie:

— Jamais tu ne seras mon père! M'entends-tu? JAMAIS!

Je reprends la voie ferrée. J'essaie de marcher en équilibre sur un rail. Mais je tombe toujours à... côté.

Je rentre. Essoufflée. Toute à l'envers. Moi qui voulais en avoir le cœur net, le voilà tout barbouillé.

Mon seul désir est de plonger mes frissons dans un bain chaud pour qu'ils s'évanouissent. Je me précipite à la cuisine et je prends le sel de table que je vide complètement dans le bain. Je veux être comme dans la mer. Je veux être salée. Ne plus me sentir ici, dans la grande ville. Mais pas moyen d'avoir la paix. Colette Dubois arrive et m'attrape par le bras.

— Viens ici, petite! Où étais-tu? Je n'ai pas envie de m'inquiéter comme ça! Je pense que nous avons à nous parler, nous deux!

— Non! Je n'ai rien à te dire! Quand on est malade, la parole l'est aussi! Laissez-moi souffrir en paix, toi et ta fille!

— Je t'interdis de traiter ma fille de poupoune, de nounoune, de poupée de plastique sans cœur et d'écrire ton nom partout! M'as-tu bien entendue? Pas question que je tolère ce genre de comportement dans ma maison! Tu ne feras pas long feu ici si tu continues comme ça! J'en ai vu bien d'autres avant toi!

— Je m'en fous des AUTRES! Tu n'es qu'une... qu'une...

— Attention à ce que tu vas dire! Nous t'accueillons ici chez nous, à bras ouverts, pour t'aider. Tu devrais être reconnaissante.

— Je n'ai pas besoin d'aide! Je n'ai pas demandé à venir CHEZ VOUS! Et ce n'est pas à bras ouverts que vous m'accueillez, mais à cœur fermé.

— Je vais appeler ta travailleuse sociale demain. Nous allons régler ton cas, petite...

— Attention à ce que tu vas dire, toi aussi! Et puis, appelle-la! Je m'en fiche. De toute façon, c'est prévu que je m'en aille au centre d'accueil! J'y serai bien mieux!

Dans la vie, parfois, c'est préférable de dire le contraire de ce que l'on pense. Histoire de ne pas avoir trop mal. Ni de montrer les blessures qui grossissent en dedans sans bon sens.

— En attendant qu'il y ait une place de disponible, tu resteras ici et tu as intérêt à filer doux. Maintenant, viens souper et n'importune plus ma fille! Sinon, tu vas avoir affaire à moi!

— Tu n'es pas ma mère! À part elle, personne au monde n'a le droit de me dire quoi faire!

— Je pense qu'il serait grand temps que tu réalises, ma petite Marélie, que tu n'en as pas de mère. Et, par conséquent, c'est moi qui deviens ta mère substitut.

Ça me fait mal jusqu'aux orteils. Une mère substitut. Jamais je ne me contenterai de miettes, moi. Encore moins de remplaçante. JAMAIS. Et cette Colette Dubois a le cœur plus dur qu'une betterave.

Bouleversée, je mange sans appétit ma soupe de malade. Vermicelle et poulet perdus dans une mer d'eau salée. Mona règne au bout de la table avec son sourire mince. Tranchant. Elle a tout le pouvoir. Je la regarde avec mon silence qui parle. Avec mon silence qui crie. Puis, je disparais dans ma tête et me retrouve dans un château sur des rives enchantées. Avec mon vrai père. Avec ma vraie mère. Je suis la princesse des hautes marées. Je suis bercée, bécotée, enlacée, dorlotée. Rien au monde ne nous sépare. Tous ensemble, nous ramassons des étoiles de mer et nous les retournons à la mer qui s'ennuie. Nous parlons aux tortues. Nous les adoptons. Nous leur donnons un prénom. Un nom de famille. Et elles sont contentes en mautadine. Et puis nous...

— Quand tu auras terminé, tu feras la vaisselle!

Encore Mona, la briseuse de rêves, qui donne ses ordres. Elle met
de la brume autour de mon château.

Je me lève de table en lui disant
tout bonnement:

— Il n'en est pas question! Je lave
juste mon bol!

Puis je sors en ne claquant même
pas la porte.

Je m'assois sur les marches de
l'escalier, les bras serrés autour de
ma poitrine et je me berce. Mon rêve
est assis à côté de moi. Il n'a plus
envie d'être dans ma tête.

Mon horizon est en béton et la
mer a déserté mon cœur. Il y a un
grand vide en moi. Comme une absence. Comme un silence.

Par la fenêtre, j'entends chanter
encore à la radio Catherine Karnas :

J'ai dans le cœur des bateaux
et des souvenirs de vent salé;
je sais, parfois j'y pense trop,
j'ai le cœur qui va déborder...

J'ai dans le cœur des bateaux
et des souvenirs à marée haute,
à cœur perdu comme un radeau
en vain je cherche encore la côte...

Je pense aux Locas. À Louis. À Carine. Mes yeux pleurent tout seuls.

Je soupire longuement.
Ils m'ont sûrement déjà oubliée.
Oui.
Oubliée à tout jamais.

5

Avec ma plume
de corneille

Je mâche ma gomme très fort. Et je fais des ballounes avec. Et je la pète. Et je la colle en petites boulettes partout.

Après trois mois de brasse-camarades et de brasse-professeurs, Solange, la maîtresse, n'en peut plus. Elle m'envoie chez Maurice Lebeau, le directeur.

Je le toise, silencieuse comme un mur. Lui non plus n'en peut plus de me voir surgir dans son bureau toutes les semaines. «Ce n'est pas un aéroport, ici», qu'il dit. Il me renvoit *chez moi* et convoque Colette Dubois à son bureau. Demain. Dix heures. Ça presse.

Je ne dis plus rien. Je prends un livre «dont-je-suis-l'héroïne». Rien ne va plus. Il n'y pas de porte de sortie. Pas d'endroit calme pour reprendre mon souffle. Je me retrouve toujours enfermée dans un donjon ou perdue dans des couloirs de briques sans fin. J'abandonne mon livre, le laisse tomber par terre. Je pleure. Peut-il y avoir une fin heureuse à mon histoire?

Colette Dubois se pomponne, affiche son air de femme très très importante. Elle triomphe, jubile. Elle s'en va voir LE directeur pour discuter de MON cas. Et elle ne se gênera pas pour en rajouter. J'en suis sûre. Aussi sûre que mon père est Vincent.

Je m'approche de sa coiffeuse. Sans trop faire exprès, je renverse sa bouteille de vernis à ongles, rouge, dans l'évier et je m'enfuis dans son bureau.

Son encrier, aussi, m'attire étrangement. Ce n'est pas de ma faute. Je ne sais pas pourquoi, mais ma main le saisit et le retourne sur son beau pupitre antique. C'est plus fort que moi. Ça ne s'explique pas ces choses-là.

Évidemment, Colette Dubois fulmine, jure, tonne:

— Tu vas voir ce qui va t'arriver! Tu es loin de l'imaginer! Là, tu y es allée un peu trop fort!

J'enfile ma robe mouchetée tout en parlant à mon cœur affolé: «Allons! Calme-toi! Que peut-il t'arriver de pire que le centre d'accueil! Elle essaie de te faire peur. De te laisser croire qu'il y aura autre chose de plus pénible à vivre. Elle est méchante. Et elle ne comprend rien à rien. Laisse-toi pas faire!»

En réalité, je suis incapable de me rassurer. Parce que je ne sais jamais ce qu'ils peuvent faire, les étrangers, quand ils sont en colère. C'est très très inquiétant, parfois.

Avant d'aller savourer sa victoire, madame Dubois me lance une enveloppe sur la table.

— Tiens! Tu as reçu une lettre. Compte-toi chanceuse que je te la remette.

Mona la reluque d'envie. Je la saisis. Elle n'en saura rien, la voleuse de secrets. Des lettres, c'est CON-FI-DEN-TIEL.

Je me demande qui peut bien m'écrire.

Je me précipite aux toilettes. Je l'ouvre. En une fraction de seconde, un goût de vent, de mer et de marguerites sauvages monte en moi. Je lis:

Chère Marélie,

Nous pensons souvent à toi. Tu nous manques beaucoup. Nous aimerions beaucoup avoir de tes nouvelles.

Nous t'embrassons bien fort,

Madame Locas, xx

Mon cœur devient tout mou, mais se durcit aussitôt. Parce que je sais qu'elle me raconte des histoires. Ce n'est pas vrai qu'elle s'ennuie de moi. Elle s'ennuie tout court. Alors, pour passer le temps, elle m'écrit. C'est tout. Je n'aime pas les menteurs.

80

Je lui réponds, sans attendre, avec ma plume de corneille que je trempe dans l'encre rouge vif :

Tu n'avais qu'à pas me laisser partir! Tu en aurais eu des nouvelles.

Marélie (pas de becs)

Et je la poste en me rendant à l'école avec madame Dubois.

Je reste dans le corridor. J'attends. À l'écart, comme toujours. Mon sort est entre leurs mains. L'oreille collée contre la porte, j'écoute le directeur débiter ses fausses accusations.

— Votre fille, mada...

— Elle n'est pas ma fille. Je la garde en famille d'accueil.

J'ai la bouche sèche. Je me demande où est passée ma salive.

— Ah bon! Eh bien, je dois vous dire, madame, que Marélie est très désagréable. Elle est impolie, impertinente, malcommode, turbulente, n'en fait qu'à sa tête et dérange continuellement les autres élèves. En plus, elle ne cesse de raconter des histoires.

Et après? Qu'y a-t-il de mal à ça? Faut-il n'inventer des histoires que dans les cours de français? Ils sont jaloux. Parce que les orphelines ont plus d'imagination que les AUTRES. Elles sont obligées d'inventer et d'inventer sans arrêt pour remplir les grands vides de leur cœur et de leur tête. Les pleins, EUX, n'ont rien à remplir. Et le directeur et madame Dubois sont des pleins. C'est pour ça qu'ils ne comprennent rien à rien.

— Nous allons devoir sévir pour qu'elle cesse de pertuber les autres.

Je suis inquiète. Sévir ne veut jamais dire la même chose d'un endroit à un autre. Est-ce qu'ils vont me frapper? M'empêcher d'aller me baigner? Me priver de dessert? Me crucifier?

J'ai envie d'un petit peu d'eau. J'ai soif. Très soif. Comme Jésus sur sa croix.

Je tends l'oreille. Évidemment, madame Dubois ne dit rien, absolument rien pour prendre ma défense. Ma vraie mère, elle, lui aurait dit, à ce directeur aux yeux pochés, qu'il n'a qu'à s'occuper de moi. Et mon vrai père, lui, m'aurait carrément changé d'école. Il n'aurait pas *niaisé avec le puck*, lui.

À part ça, je ne dérange personne. Ce sont eux qui se laissent déranger.

Après d'interminables minutes, la porte s'ouvre, enfin, sur le visage, rouge d'émotion, de Colette Dubois.

Maurice Lebeau me renvoie pour une semaine. Non mais! Ça va changer quoi? Et si je continue à importuner tout le monde, je serai exclue de l'école. Colette Dubois jubile, comblée.

Le retour se fait dans un grand silence blanc. Comme si l'hiver venait de s'abattre subitement sur l'automne.

Arrivée à la maison, madame Dubois saute avec frénésie sur le téléphone pour mettre Suzanne au courant. La bavasseuse.

Si elle et le directeur pensent me faire de la peine, ils se trompent! Au fond, au fin fin fond de moi, je suis contente. J'ai enfin congé des AUTRES. Pas d'école, pas de devoirs, pas de Mona sur mes talons. Mais il y a ce terrible gros *motton* logé dans ma gorge et qui m'étouffe.

Je me couche en plein cœur de l'après-midi. C'est rare. Je m'enroule dans mes couvertures et je place mes oreillers tout autour de moi. Mon lit est dur. J'aurais besoin d'un million de bras pour me bercer. D'un million de caresses dans les cheveux. À défaut, je mange des bonbons. Ceux que j'ai piqués au dépanneur. De petites lèvres rouges qui donnent de gros becs sucrés sur mes joues et sur mon front fiévreux.

Dehors, le vent se lève. Il va sûrement m'emporter avec lui. Ailleurs. Chez madame Locas, peut-être.

Je relis sa lettre. Pour me sentir moins seule. Est-elle sincère? S'ennuie-t-elle réellement de moi? Ça ne se peut pas! Je ne suis pas gentille, moi. Je hurle, je crie, je boude et je fais de GROSSES COLÈRES. Je n'ai pas de place nulle part. Ni dans leur maison. Ni dans leur cœur.

Le téléphone sonne. Pas comme d'habitude. Il me semble qu'il résonne comme une alarme. Comme une terrible menace.

J'attends. Longtemps. Enfin, pas tant que ça. Les pas lourds de Colette Dubois s'avancent vers ma chambre.

Encore une fois, elle est toute rouge. Avec un sourire de satisfaction et de vengeance flagrant, elle me dit:

— Tu t'en vas en centre d'accueil demain rejoindre des petites filles de ton genre. Ce ne sera pas drôle, crois-moi.

Prise de panique, mon sang s'élance à fond de train dans mes veines comme s'il voulait s'enfuir. Mais mon corps n'offre aucune porte de sortie. Je ne veux pas aller là-bas. JE NE VEUX PAS! Les filles ne m'aiment pas du tout. Elles vont encore me donner de la misère noire. Qu'est-ce que je vais faire? Je me creuse la cervelle avec une pelle grosse de même. Où se trouve la solution? Je creuse à droite. Je creuse à gauche. RIEN. Puis, je déterre enfin la bonne idée: la seule façon d'éviter le centre d'accueil, c'est d'appeler Pierre. Mon faux père. C'est l'unique solution. Je n'en vois pas d'autres. Et je n'ai surtout, mais alors là, surtout pas de temps à perdre.

Sans plus réfléchir, ni écouter la petite voix qui me dit: «ATTENTION DANGER!», je saute sur le téléphone.

— Je... je voudrais parler à Pierre Côté.

— Lui-même à l'appareil.

Cette voix, toujours cette voix étrangère, au bout la ligne. Me semble qu'elle devrait me ressembler! J'ai envie de raccrocher. Mais mon sang continue de pousser vers la sortie de secours. Je ne peux plus reculer. Je prends une bonne inspiration et je plonge dans mon mensonge:

— C'est moi! Marélie! Je m'ennuie terriblement de toi. Si tu es mon vrai père, viens me chercher! Tu n'as pas le choix. Tu es obligé. Je veux rester avec toi. TOUT DE SUITE.

Un silence d'une tonne tombe lourdement sur la ligne. C'est dur à supporter. Pierre Côté toussote. Crachote. D'une voix un peu trop émue à mon goût, il dit:

— Donne-moi ton adresse, ma petite chérie! J'arrive dans quinze minutes.

Je remplis mon sac vert. Quelque chose me dit que je n'agis pas comme il faut. Le mot «DANGER» réapparaît dans ma tête et clignote. Rouge. Mais je n'ai pas le temps de m'y attarder. Colette Dubois pense que j'entre directement au centre d'accueil. Eh bien non! Pas du tout. Quand mon faux père va apparaître devant elle, sa bouche va s'ouvrir grande comme ça. Le plus drôle, c'est qu'une mouche va rentrer dedans. Moi, je n'aurai pas le choix de jouer le jeu de la petite fille heureuse d'avoir enfin retrouvé son vrai père. Elle va me demander:

— C'est qui, lui?

Je vais prendre mon air hyperfier et lui répondre, sans aucune hésitation:

— C'est mon père! Et je m'en vais vivre avec lui! J'en ai le droit!

Suzanne, elle, n'en reviendra pas. Son plan va être bousillé jusqu'au cou. Pas de centre d'accueil pour son «cas problème». J'imagine déjà sa réaction.

— Quoi! Vous avez laissé partir Marélie avec son père? Mais qui vous dit que c'est son père? Ça ne va pas là-dedans?

Suzanne sait très bien, elle, que Pierre Côté n'est pas mon père. Elle va se fâcher très fort. Elle va hurler:

— Vous étiez responsable de cette enfant!

Colette Dubois va se tortiller et devenir tout croche. Elle ne saura plus comment se tenir ni trop quoi dire. Elle va marmonner, au bord de l'évanouissement:

— Je... je croyais que... que Pierre Côté... était... était...

— Comment avez-vous pu être aussi naïve pour croire ça?

Et Suzanne, l'écume aux lèvres, va partir à ma recherche.

Mais il sera trop tard.

6

Sortie d'urgence

Je fais semblant. C'est très très très difficile d'être assise à côté d'un faux père qui croit être mon vrai père. Ça me donne des papillons dans le ventre et de nouvelles araignées dans la tête. Je ne voudrais surtout pas assister à une bataille d'araignées et de papillons en moi. Ça doit faire drôlement mal.

Quand j'ai vu le grand *slack* arriver dans sa coccinelle rouillée, j'ai changé d'idée: je me suis précipitée dehors, avec mon sac vert, sans attendre qu'il vienne sonner. J'ai gravé une note sur le bureau de Colette, avec mon clou. Sur du papier, elle aurait risqué de s'envoler. Je devais être certaine, absolument certaine, qu'elle allait lire mon message lui disant: «Je m'en vais vivre chez mon père.»

SA maison est laide. Pas de fleurs. Pas d'oiseaux. Pas d'arbres autour. Dedans, ça pue les chaussons sales et les croûtes de viandes séchées dans les casseroles.

De petites bibittes noires dansent au-dessus des piles d'assiettes. Me semble que, moi, j'irais danser ailleurs.

C'est dégueulasse! À donner des frissons aux agates du monde entier.

S'il s'imagine, en plus, que je vais faire son ménage. Je ne suis pas en famille d'accueil, ici! Il se met un doigt dans le raisin. D'ailleurs mes papillons me disent de déguerpir. Ils battent très fort des ailes dans mon ventre.

Mais il y a un problème. Un vlimeux de gros problème. Déguerpir pour aller où? Existe-t-il une place pour moi sur cette terre? Une place accueillante avec des gens au cœur débordant d'amour et au garde-manger rempli de chocolat?

NON.

Qu'est-ce que je fais? Ça sent le danger à plein nez, ici. Le pire c'est qu'il m'annonce:

— Je n'ai qu'un lit, mon petit trésor. En attendant, tu coucheras avec moi.

Ce n'est pas un lit, ça! C'est un hamac! Ouache! J'aimerais mieux dormir dans le bain, après l'avoir bien frotté, deux heures au minimum, plutôt que de coucher à côté de lui. Puis, je déteste qu'il m'appelle son petit trésor. Et je n'aime pas, non plus, la façon dont il me détaille de la tête aux pieds. Qu'il arrête tout ça! Je ne lui ressemble pas. Un point c'est tout.

Je dépose mon sac vert près de la porte d'entrée. Elle risque, si ça continue, d'être une porte de sortie. De secours, même. Puis, mine de rien, je pose à monsieur gratte-ciel des tas de questions qui ont l'air d'une fille qui retrouve son père:

— Pourquoi tu ne m'as pas gardée avec toi quand j'étais petite? Pourquoi m'as-tu abandonnée? À quel hôpital suis-je née? À quelle heure? Combien je pesais? Et ma mère? Où est-elle? Vit-elle ici? Montre-moi sa photo!

Il sort un album beurré de confiture séchée.

— Ta mère s'appelle Marguerite.

Ça a l'air de rien, comme ça, mais apprendre le nom de sa mère, ça donne tout un choc au cœur! Et ça fendille le mur noir dans ma tête. Je peux y placer son nom, son vrai nom: Marguerite! Comment ne l'ai-je pas deviné? C'était si évident: j'aime tellement les marguerites. Et il n'existe aucun nom de plus doux, de plus beau au monde. J'ai hâte de la voir. Je le sens déjà dans mon cœur qu'ELLE, elle est ma vraie de vraie mère.

— À quelle heure doit-elle rentrer? J'ai hâte de la voir.

Pierre me regarde, étonné.

— C'est impossible! Elle... enfin... Marguerite est morte.

Morte! Non. Ce n'est pas vrai! Ma mère ne peut pas être morte! Elle est vivante! Je lui parle régulièrement dans ma tête. Il est menteur! Il veut me la voler! La garder pour lui tout seul. Ça ne se passera pas comme ça! Elle est à moi!

— Elle est morte dans son bain. D'un coup. Sans raison apparente.

— Je ne te crois pas! Tu mens! Ce sont des inventions! Personne ne meurt comme ça, sans raison! Encore moins dans un bain! Dis-moi où elle est!

— C'est pourtant la vérité. Elle a été enterrée, là-bas, dans son coin de pays natal.

— Là-bas! Où ça?

— Dans la baie des Chaleurs.

Mes yeux s'arrondissent.

— La... la baie des Chaleurs! Mais... c'est là que j'habitais!

Si je comprends bien, Carine, madame Locas, Louis et tous les AUTRES le savaient! Pourquoi ont-ils tous gardé le silence? Pourquoi ne m'ont-ils rien dit? C'est louche. Je veux y retourner! Je veux savoir la vérité. J'ai le droit!

C'est fou, je le savais depuis si longtemps que j'avais mes racines au bord de la mer. Ça se sent ces choses-là. C'est planté directement dans le cœur à la naissance. Et ça pousse et ça pousse comme des marguerites sauvages, tant qu'on n'en trouve pas la source.

— Parle-moi d'elle! Dis-moi tout! Que s'est-il passé à ma naissance? Pourquoi tu ne m'as pas gardée avec toi? Pourquoi m'as-tu abandonnée? Pour...

— Oh! Calme-toi! Je ne pouvais pas te garder. L'usine, ce n'est pas payant. Et j'étais incapable financièrement d'engager une gardienne. Trop cher, tu comprends. Alors je t'ai donné en...

— DONNÉE! Tu m'as DONNÉE! Moi! Un tout petit bébé! C'est écœurant! Mon vrai père n'aurait jamais fait ça! Tu n'es pas mon père! Je te déteste! Un père trouve toujours les sous pour sauver son enfant adoré. Il fait même des vols de banques, s'il le faut.

Pour faire diversion, il me montre une photo de Marguerite.

— Tiens! Regarde! Tu vois bien que Marguerite est ta mère!

Ça marche. Du coup, j'oublie qu'il m'a DONNÉE et je m'accroche à la

photo. Désespérément. Je la regarde. Comme une perle rare. Il a raison. Marguerite, c'est moi tout crachée. La petite fossette. Les cheveux noirs. Les yeux vert tortue tout pétillants. Et... et... cette douceur. Toute cette douceur qui se dégage d'elle. Il aurait été si bon de... de...

Je plonge dans un rêve. Elle est là. Elle me prend dans ses bras. Elle me sourit. C'est elle. Oui, c'est bien elle. Même si elle n'a pas les cheveux blonds tout frisés et des yeux bleu poudre pour aller avec. Elle m'aime. Et elle s'appelle Marguerite. Et comme toutes les marguerites du monde, elle a un cœur en or et... des cheveux tout en broussaille.

La main du grand *slack* caresse mes cheveux. Mon bras. Je sors de mon rêve. C'est l'état d'urgence.

— Touche-moi pas! Si Marguerite est ma mère, toi tu es un étranger! Et tu n'as pas le droit de toucher à mes cheveux! Encore moins à mon bras!

Il retire sa main.

Je ne veux pas qu'il soit mon père. JE NE VEUX PAS. Pourquoi j'ai si peur?

— Donne-la-moi!

— Quoi?

— La photo.

— Non. Je ne peux pas. Je n'ai que celle-ci.

— Où sont les autres?

— Je... enfin... ils... je n'en ai pas d'autres!

— Pas d'autres! C'est impossible! Tu ne peux pas avoir juste une photo d'elle!

— C'est comme ça. Les autres sont de moi. Et puis tu poses beaucoup trop de questions, mon petit trésor.

— Je veux cette photo. Elle est à moi! C'est ma mère! Et je n'ai jamais eu de photo d'elle.

Pierre referme l'album brusquement.

— Non. J'ai dit non. Et maintenant, je pense qu'il serait temps d'aller se coucher.

Il me regarde d'un drôle d'air. Il me détaille encore de la tête aux pieds. Le mot «DANGER» revient en catastrophe dans ma tête et mon cœur cogne de plus en plus fort. Le fatigant. Je ne lui ressemble pas. Un point c'est tout.

Pendant qu'il prépare son hamac, je ressors l'album et pique la photo de Marguerite. C'est quand même ma mère à moi!

Je la glisse au fond de mon sac vert. Puis, je le rejoins les poings serrés, dans SA chambre qui pue.

○

C'est la nuit. Noire. Sans étoiles. Je cours. Je cours. Je me suis sauvée. De LUI. De ses grosses mains répugnantes qui se promenaient sur moi. J'ai peur. Je ne sais plus où aller. Les rues ne mènent nulle part. Les portes sont verrouillées. Je veux appeler Suzanne d'une cabine téléphonique, mais je n'ai pas de vingt-cinq sous. Qu'est-ce que je dois faire? J'appelle l'opératrice. Ça ne coûte rien. Le souffle court, je lui raconte. TOUT. Elle est gentille. Elle me comprend. Elle me met en communication directement avec Suzanne. Réponds! S'il te plaît! Dépêche-toi, Suzanne! C'est urgent! RÉPONDS!

Elle décroche. Je ne lui laisse pas le temps de parler. Je hurle:

— SUZANNE! IL ME TOUCHE! VIENS ME CHERCHER! VITE! VIENS ME CHERCHER!

— Marélie! Je te cherche partout. Où...

— Il... il me touche. Vite!

— Où es-tu? Que ce passe-t-il?

Je lui explique et je lui bafouille le nom de la rue.

— Rends-toi au restaurant *Chez Mado* et attends-moi! Je viens te chercher! TU NE BOUGES PAS DE LÀ! S'il te suit, tu cries à l'aide! C'est clair? J'arrive tout de suite!

— Euh... oui, oui! Dé... dépêche-toi! J'ai peur!

Le cœur fou, je cours. J'entends des pas derrière moi. Une petite voix dans ma tête hurle: «Vite. Cours Marélie. Cours. Ne te laisse pas attraper. Il est dangereux. Il n'a pas le droit de toucher à ton corps!»

Où est ce foutu restaurant? Mon cœur se démène dans les fils d'araignées.

L'enseigne de *Chez Mado* brille enfin dans la nuit comme une lumière d'espoir.

Une petite dame grassouillette m'accueille.

— J'ai eu un appel de ta travailleuse sociale. Viens t'asseoir, ma puce. C'est une dure nuit pour toi. Veux-tu un chocolat chaud?

— Je claque des dents.

— N'aie pas peur! Tu es en sécurité dans ce restaurant. Mes grands fils sont ici et personne ne te fera de mal. Suzanne sera ici d'une minute à l'autre. Alors, je te sers un p'tit chocolat?

Je n'ai pas la force de répondre. La tasse atterrit soudain devant moi. Je bois en regardant par la fenêtre. Qui des deux va surgir le premier? Pierre ou Suzanne? J'ai peur. J'ai encore fait une gaffe. Cette fois, je ne pourrai pas y échapper: le centre d'accueil est inévitable.

Je me sens sale. Je voudrais me laver. Qu'est-ce que je vais devenir?

J'ai chaud. Je pue.

La porte s'ouvre. C'est Suzanne. Elle a l'air énervé. Elle va me chicaner sans bon sens.

Malgré mon cœur en détresse, je me lève d'un bond et je lui saute au cou. C'est rare que je saute au cou de quelqu'un! Et je pleure. Je pleure comme jamais je n'ai pleuré.

À mon grand étonnement, Suzanne me rassure:

— Je suis là! Je suis là, Marélie! C'est fini maintenant.

Je pleure. Je renifle. Ma peine est plus grosse que la terre entière.

Dans l'auto, j'implore Suzanne:

— Ramène-moi chez les Locas! Je veux retourner au bord de la mer. Le vent me manque. Les mouettes. Les bécassines. Carine. Et même Louis. S'il te plaît! Ne m'envoie pas au centre d'accueil! Je te jure, croix sur mon collier de perles, d'être la plus gentille du monde entier!

— Je regrette, Marélie. Mais il est trop tard. Ce soir, exceptionnellement, tu viens coucher chez moi. Demain, tu rentres au centre d'accueil. Tu as besoin de protection. D'une très grande protection.

Ancrée pour de bon

Une petite robe neuve m'attend sur mon lit. Mauve. Pour aller avec la mer au crépuscule.

Je suis tout excitée. Madame Locas a même brodé sur la bretelle une petite tortue au pied d'une marguerite. Je vais la porter toujours. Comme mon collier de perles. Plus jamais je ne l'enlèverai. Je vais même dormir avec.

Je saute au cou de madame Locas. Ça devient une véritable habitude. Je suis incapable de la lâcher. Elle tente de se dégager. Je la serre encore plus fort.

— Je suis heureuse que tu sois de retour, Marélie!

Moi aussi. Et c'est grâce à moi, bien sûr, si je suis revenue chez les Locas. J'ai supplié Suzanne très très fort. Pour la convaincre, je lui ai raconté un petit mensonge de rien du tout. Je lui ai dit que monsieur et madame Locas étaient les substituts de parents que j'ai toujours souhaités. J'aurais préféré Carine, mais elle ne veut pas. À cause de son bébé, Julie-boudins, qui est plus importante que moi dans sa vie. Madame Locas n'est pas ma vraie mère, mais c'est tout comme. Elle pouvait faire une bonne remplaçante. Je lui ai décrit, de long en large, toutes les qualités qu'elle a et même celles qu'elle n'a pas. Pour en mettre un peu plus. Pour faire de l'effet.

Suzanne en avait les larmes aux yeux. Mais elle a dit qu'elle allait réfléchir. Ça m'a inquiétée. Quand on réfléchit sur mon cas, c'est toujours la catastrophe qui suit. Alors j'ai insisté encore plus fort:

— S'il te plaît! Appelle madame Locas. Demande-lui si elle accepte que je retourne chez elle. Si elle a une toute petite place pour moi. Si elle refuse, j'irai au centre d'accueil. Promis!

— Tu n'as pas à promettre, Marélie! C'est moi qui décide.

Je me suis sentie perdue. Alors, j'y ai mis le paquet. Même si c'était dur, je lui ai sorti mon argument choc:

— Je... je vais te donner mon collier de perles pour te prouver que je serai sage.

Suzanne a été très surprise. Elle sait à quel point je tiens à mon collier de perles.

— Je constate que tu es sérieuse, Marélie, mais je te donnerai ma réponse demain.

Demain et l'éternité, c'est pareil. Je n'ai pratiquement pas dormi de la nuit. Je me suis roulée en boule en tenant très fort le toutou bleu aux longues oreilles que Suzanne m'a prêté.

Le lendemain, elle a téléphoné aux Locas. Ils ont accepté de me reprendre sans AUCUNE hésitation. Ça m'a beaucoup étonnée, quand même. J'étais contente en mautadine. Je l'ai échappé belle. Et elle n'a même pas réclamé mon collier. Fiou!

Je lâche le cou de madame Locas et je vais me bercer sur la galerie. Monsieur Locas m'a donné sa chaise berçante comme cadeau. Juste pour moi. Je chante aux oiseaux, aux pissenlits et au vent, ma chanson très personnelle, *J'veux qu'on m'aime*, que j'ai composée moi-même. La mer est tellement contente qu'elle m'accompagne.

Avec ma tête pleine d'araignées à longues pattes
Et mes yeux verts qui guettent les frégates,
Avec mes souvenirs tout pleins de cailloux lourds
Et mon cœur toujours vide et sans amour,
J'veux qu'on m'aime

Avec mon ventre rempli de papillons qui s'animent
Et de gigantesques vagues qui rafalent en sourdine,
Avec mon dos rond comme une tortue marine
Et mes larmes qui coulent en mautadine,
J'veux qu'on m'aime

Avec mes peines énormes comme la mer
Et mes petits mots que je lance dans l'Univers,
Parfois sauvages, parfois tout doux,
Pour me protéger des AUTRES, les jaloux,
J'veux qu'on m'aime

Avec mon sac vert comme porte-malheur
Et mes silences qui crient ma douleur,
Avec mes rêves plein la caboche
Et mon petit clou au fond de ma poche,
J'veux qu'on m'aime

— Tu chantes bien.

C'est Louis. Il m'a écoutée. Il a l'air tout heureux de me revoir. Moi aussi. Mais pas question qu'il s'en doute. Sinon, il va se méfier. Il va trouver que j'ai trop changé et il ne m'aimera plus.

— Est-ce que c'est toi qui as composé cette chanson?

Je lui réponds fièrement:

— Oui. Moi toute seule. Et ç'a été très très difficile.

— Tu es bonne.

Bonne? Moi? Louis dit que je suis bonne? Des papillons de toutes les couleurs battent des ailes dans mon ventre.

À moins qu'il dise ça juste pour me faire plaisir. Juste pour jouer avec moi.

— Veux-tu venir à la plage avec moi?

Et voilà. Je le savais. Le jour où l'on va m'aimer sans raison, juste

pour moi, n'existe pas sur le calen-
drier.

— C'est la marée haute!

— Puis après?

— La marée amène toujours des
trésors. Veux-tu venir ramasser des
coquillages et des agates avec moi?

Je brûle du désir d'y aller.

— Non! Ça ne me tente pas.

Louis a l'air triste. Ce n'est pas
dans ses habitudes.

— Qu'est-ce que tu as?

— Tu ne veux jamais jouer avec
moi! Qu'est-ce que je t'ai fait?

— Rien!

Le regard de Louis est triste. Ses
yeux insistent beaucoup. C'est loin
d'être normal.

— Bon, O.K., je vais y aller avec
toi. Mais pas longtemps.

Je me tiens un peu loin de Louis
sur la plage. Faut savoir garder ses
distances, quand même.

Et puis, je suis un peu fâchée. Il a
trouvé la plus belle agate du monde
entier. Une vraie bille. Pourtant, j'ai
bien fouillé le secteur où il l'a décou-
verte. Pourquoi ce n'est pas moi qui
l'ai trouvée? Et j'ai beau regarder partout partout, il n'y en a pas d'autres

pareilles. Il va se péter les bretelles longtemps avec sa trouvaille. De quoi vais-je avoir l'air, moi, avec mes petits cailloux de rien du tout?

Je vire toute la plage à l'envers. J'implore la mer, je supplie les vagues de m'envoyer la plus précieuse, la plus reluisante, la plus magnifique des agates de toute la planète.

Ça ne fonctionne pas. Faudrait que je change de technique.

Louis pointe du doigt.

— Regarde! David est revenu. Il va chez toi!

Un homme. Un sapristi de bel homme avec une guitare et un petit sac... vert sur l'épaule, monte les marches et frappe à la porte. Madame Locas le laisse entrer.

Mon cœur est déjà à ses côtés.

— David! Qui est-ce?

— C'est un chanteur. Il vit dans la maison verte entre Carine et les Locas.

— Il est beau en mautadine!

Louis retrousse son nez.

— Pourquoi ne l'ai-je jamais vu?

— Il part, comme ça, parfois, pour quelques mois. Il fait des tournées un peu partout, puis il revient. Tout le monde l'aime, ici. Il est comme une vedette.

J'ai un gros gros pincement au cœur. À cause de Pierre Côté. Depuis qu'il existe, celui-là, je ne suis plus capable d'inventer d'autres pères dans ma tête. C'est toujours le grand *slack* qui arrive.

Il a brisé mes rêves. Il a secoué mon univers. C'est terrible. On ne fait pas ça à une orpheline. Sans lui, j'aurais juré, craché que ce David est mon vrai père.

Je saisis Louis par le bras.

—Viens! Rentrons!

Louis a l'air tout surpris que je lui demande de m'accompagner. Que je lui prenne le bras, surtout. Il accepte tout de suite.

J'attends sur la chaise berçante. Louis s'assoit sur les marches de l'escalier. Le temps d'un vol de goéland, j'oublie sa présence. Et je chante. Je chante un autre bout de ma chanson:

Avec mes éternelles allées et venues
Et mes grandes peurs chez tous ces inconnus,
Avec mes faux pères et mes fausses mères
Et du vent, que du vent, en guise de parents,
J'veux qu'on m'aime

110

La porte s'ouvre. J'entends une voix me dire soudain:

— Tu chantes bien!

C'est LUI. David. Et il trouve, lui aussi, que je chante bien! Je suis toute troublée. J'arrive à articuler:

— C'est... c'est ma chanson... C'est moi qui l'ai composée toute seule. Et elle n'a pas de refrain. Je déteste les refrains.

Le sourire. Le sourire qu'il a!

— Tu as beaucoup de talent!

Mes papillons dansent. Il dit que j'ai BEAUCOUP, BEAUCOUP, BEAUCOUP de talent.

Il me lance un sacré clin d'œil. À moi! Juste à moi. Je sens dans mon ventre que je vais avoir besoin régulièrement de ces clins d'œil-là.

Madame Locas s'avance.

— Marélie, je te présente David.

Elle se baisse à ma hauteur. Il se passe quelque chose d'anormal. L'atmosphère change. Le vent s'arrête net. Il me semble qu'il y a de moins en moins d'air.

— Je dois t'annoncer une grande nouvelle.

De plus en plus inquiétant. Je n'aime pas les nouvelles. Surtout les

grandes. C'est un très mauvais signe. C'est fou. Je m'accroche à Louis.
Ce n'est pas mon genre, ça.

Le pire, c'est que la voiture de
Suzanne réapparaît à l'instant même
où madame Locas y va de sa déclara-
tion fracassante:

— David est ton père!

Je m'étrangle raide.

— MON QUOI?

— Ton père!

Suzanne ne cesse de klaxonner.

Je regarde madame Locas. Je regarde David. Le temps a aussi peur
que le vent. Il s'immobilise raide.
Pour un choc, c'en est tout un. Je me
raconte peut-être de petites histoires
de rien du tout, DES FOIS, mais eux,
ils n'y vont pas à peu près. Ils n'ont
pas le droit de me faire croire qu'un
étranger, si beau soit-il, est mon
père. Non. Ils n'ont pas le droit. C'est
très grave, ça. Je ne le prends pas.

Pourtant, j'ai le cœur tout mou et
les jambes en accordéon. Je sens les
petits biceps de Louis se contracter
pour me soutenir. Ses yeux sont
ronds de même.

Faut dire qu'une chance qu'il est
à mes côtés. Parce que là, ça va mal.

À mes pieds, un précipice se creuse jusqu'en Chine. Mes frêles épaules commencent à trouver ça lourd. Mon dos s'arrondit. C'est la marée. Je vais et je viens entre le «oui, c'est lui» et le «non, ce n'est pas lui». Le mal de cœur se fait sentir de nouveau.

Il me lance un autre de ses clins d'œil à faire rougir un œuf de tortue.

— Bonjour, Marélie!

C'est bizarre. On dirait que la mer m'appelle tout d'un coup. Oui. C'est ça. Elle m'appelle très fort. Me supplie d'aller la voir tout de suite. Je l'écoute. Je cours. Très vite. Plus vite que les bébés tortues qui veulent échapper au danger. Le sable vole et revole partout. Mes larmes aussi.

David s'élance à ma poursuite. Suzanne aussi. Et madame Locas. Et monsieur Locas. Et Louis. Du vrai cinéma.

Qu'est-ce qu'ils me veulent, encore? Vont-ils cesser de me torturer? Mon cœur n'est pas un yo-yo.

Je tombe à plat ventre sur le sable. C'est David le premier qui me rattrape.

— N'aie pas peur Marélie! Je ne te veux pas de mal. Si tu veux, je vais tout t'expliquer.

J'ai envie de hurler: «On m'a déjà tout expliqué. Tout. Tout. Tout. Des dizaines et des centaines de fois. Et je ne veux rien savoir!» Mais j'articule à peine:

— Laisse-moi... tranquille. J'en ai déjà un père. Pierre. Même si je le déteste. Même si je n'en veux pas une miette de lui.

Suzanne arrive. Jubilante.

— Pierre Côté n'est pas ton père!

— Pas... pas mon père! Comment ça? Qu'est-ce que tu racontes? Ce n'est pas vrai! C'est écrit sur la photo!

— Pierre n'est pas ton père.

— Je... je ne comprends pas! Tu es en colère parce que j'ai trop de pères dans ma tête! Et là, c'est toi qui en inventes! Tu n'as pas le droit de me monter un gros bateau!

Des sanglots me secouent malgré moi. Des larmes roulent toutes seules sur mes joues. Je ne peux pas me cacher. Nulle part. Il n'y a pas de coquillage assez grand sur la plage pour me camoufler. Disparaître.

Et ils me regardent tous. Ils sont prêts à me sauter dessus. Comme des frégates de malheur sur les bébés tortues.

Louis, mon ombre, mon éternel témoin silencieux, a l'air nerveux.

L'espace d'un instant, l'espoir renaît. Et si c'était vrai! Non. Ce serait trop beau. Ça ne peut pas m'arriver à moi, ça.

Le menton tremblant, je lui demande quand même:

— Tu... tu es sûr?

— Aussi sûr que je suis là. Pierre Côté est le frère de ta mère. Ton oncle, si tu préfères. Malheureusement, il est un peu malade. Il a toujours voulu avoir un enfant. Quand ta mère est morte dans son bain, il s'est approprié aussitôt le titre de père. Et il y croyait dur comme fer. Ton vrai père, David, était en tournée lors de ta naissance. Quand il est revenu, plus de trace de toi. Et Marguerite était morte. Le coup dur qu'il a eu, ça ne se dit pas. Il n'a pas cessé de te chercher. Il a parcouru mers et monde, mais Pierre t'avait donnée. Sans sa permission. Et jamais ton père ne l'a soupçonné. Ton oncle a de graves problèmes. Une aide va lui être apportée dans les semaines et les mois qui viennent.

Ça commence à être drôlement compliqué, là. Ils vont devoir m'expliquer ça longtemps.

N'empêche que les papillons dansent autour de mon cœur. David! Mon père! Mais il est beau sans bon sens! Ça ne se peut pas! Même dans mes rêves, il n'avait pas ce sourire et ce regard si troublant.

— Ça été tout un méli-mélo à défaire, Marélie. Une chance que David a persévéré dans ses recherches et...

Je ne l'entends plus.

C'est impossible d'expliquer tout ce que ça fait dans son ventre quand quelqu'un nous dit qu'il est notre vrai père. C'est tellement difficile à croire. Ça va m'en prendre des preuves. Et des cadeaux en mautadine.

David me serre dans ses bras à m'étouffer.

Je ris. Je pleure.

Et si ce n'était pas vrai.

Et si je rêvais carrément? Il me semble qu'aucun bonheur n'arrive sans malheur.

C'est la fête. La plus grande, la plus belle, la plus extraordinaire fête que je n'aie jamais eue de toute ma vie. La mer a revêtu sa grande robe d'étincelles pour l'occasion. Des morceaux de lune et d'étoiles dansent sur les vagues heureuses et frissonnantes.

Louis s'approche.

— J'ai un cadeau pour toi.

Un cadeau juste pour moi! Je suis tout excitée.

Il dépose dans ma main une petite boîte bleu mer. Je l'ouvre. C'est... c'est la petite agate.

Je saute de joie.

Louis est gêné.

— C'est... pour ton anniversaire. Je ne l'ai pas oublié, tu sais. Même quand tu n'étais pas là. Si j'avais su ton numéro de téléphone, je t'aurais appelée.

Pas oublié. Louis n'a pas oublié mon anniversaire. Je suis troublée. Je l'embrasse sur ses pommettes toutes rouges.

— Tu es mon ami pour la vie.

Carine s'avance à son tour. Me sourit. D'habitude, je déteste les gens qui me sourient. C'est louche. Ils sont menteurs. Hypocrites. Ils veulent me faire du mal. Mais pas Carine. Pas elle. C'est si bon de la revoir avec ses cheveux blonds tout frisés et ses yeux bleu poudre pour aller avec.

Je m'assois sur ses genoux. Elle se tourne vers moi, tout attendrie.

— Tu as cru que les autres avaient un bonheur auquel tu n'avais pas droit!

— Oui. Les AUTRES ont tout, d'habitude. Moi rien.

Carine est belle. Tout en couleurs, toute rayonnante. On dirait qu'elle a avalé un arc-en-ciel.

Elle m'embrasse. Me donne un petit cahier vert. Un cahier de bord, qu'elle dit. Pour y noter mes grandes aventures sur terre et en haute mer.

Vincent est là, aussi. Il ne m'en veut pas. Il s'excuse même d'avoir été si dur avec moi. De ne pas avoir été compréhensif. Mais il était si dépassé. Il me promet un petit tour de bateau.

Puis David me rejoint. Je m'accroche à son cou. Me visse à lui. C'est ma nouvelle manie. Je ne veux plus le lâcher. Plus jamais de toute ma vie. Je lui dis:

— Tu es le plus beau père du monde entier. Tu ne vas pas disparaître, hein?

— Pas de danger. Je t'ai retrouvée, je te garde.

Et il me serre très fort comme si j'étais son trésor en or. Comme s'il avait peur, lui aussi, de me perdre. Il y a tellement eu de naufrages dans ma vie et dans la sienne.

— Tu as de beaux yeux!

— Toi aussi. Ils sont comme les miens. Pleins de brillants.

Je me colle.

Jamais le vent n'a été si doux. Jamais, au grand jamais.

Je scrute un instant le ciel. Au cas où il y aurait un oiseau de malheur qui s'y promènerait. Ils ont tendance à aimer les naissances eux. Surtout celles des tortues et de mon bonheur.

Heureusement, je ne vois que des étoiles. Même filantes... sans prune.

Monsieur Locas fait un feu sur la plage. Je m'installe autour, avec les AUTRES. Ils sont tous là, comme s'ils m'aimaient. Je mange du pâté au saumon, ça d'épais, assise sur les genoux de David. C'est MA place à moi. Pas question que je le partage. Il est à MOI. Les AUTRES ont intérêt à se tenir à distance. Je les surveille de près.

Puis, je murmure un mot à l'oreille de mon père, comme ça, juste pour m'habituer:

— Papa!

— Oui! Qu'est-ce qu'il y a, ma puce?

— Rien... papa!

Je le souffle à nouveau tout bas. Juste pour moi.

— Papa!

Un mot si doux. Si nouveau à entendre sortant de ma bouche. J'aurais envie de le hurler sur tous les toits. C'est si troublant le bonheur. Ça se mélange avec le pâté dans mon ventre. On dirait même que, parfois, le soleil fait éruption en pleine nuit.

Une larme glisse sur sa joue. Je l'essuie.

— Moi aussi, j'ai un cadeau pour toi.

— Juste un?

David éclate de rire.

— C'est le premier d'une longue longue série, ma petite sirène.

Il sort sa guitare.

— J'ai composé une musique pour ta chanson.

— Une... une musique pour ma chanson!

— Oui! Veux-tu l'entendre?

Sans attendre ma réponse, il commence à chanter. Ma chanson à moi. Sa voix est plus belle que toutes celles du monde entier.

J'y rajoute un tout dernier paragraphe, un peu plus rigolo:

Avec monsieur et madame Locas
Et Louis, Carine et les AUTRES,
Avec David, mon vrai de vrai père
Je sais que pour le reste de ma vie,
Je vais être enfin aimée,
Aimée pour de bon

Les AUTRES pleurent. Reniflent. Il doit y avoir du pollen dans l'air ou des petites mousses de pissenlits qui chatouillent leurs narines.

Je me blottis contre David.

— Tu ne me quitteras jamais jamais?

— Jamais!

La clôture érigée autour de mon cœur tombe. Les marguerites fanées refleurissent. Le soleil reprend sa course dans le ciel. Mais je m'accroche quand même à son cou. Très fort. Au cas où. Le malheur est toujours aux aguets. Il faut avoir les yeux grands ouverts.

David est bon, est doux. Il brille de partout. Et tous les AUTRES l'aiment. Mais c'est le mien.

Je lui dis un secret au creux de l'oreille.

Il caresse mes cheveux avec amour. C'est bon.

— D'accord.

Nous quittons les AUTRES en marchant main dans la main. Je cueille des marguerites sauvages le long de la route.

Rendus au cimetière, nous allons jusqu'à la tombe de ma mère. J'y dépose mon bouquet et je lui parle en silence: «Ma... man! Es-tu là? C'est moi, Marélie!... Je... Enfin... J'aurais tellement voulu te... te connaître. Tu es comme un bébé tortue, tu dors sous le sable. J'aimerais mieux que tu sortes de ta cachette. Je te raconterais plein d'histoires. J'en connais beaucoup. Sinon, j'en inventerais. Juste pour toi. Je suis capable... Je...»

Je pleure longuement. Sans arrêt. En silence.

Puis, avec notre secret juste à nous deux, nous retournons vers la mer. David me prend sur ses épaules parce que je suis très fatiguée. C'est une autre preuve qu'il est mon vrai père! Un étranger ne ferait jamais ça!

Je jette l'ancre. Enfin. Mes rêves, accrochés aux pattes des papillons, s'échappent de ma tête. Plus besoin d'inventer des parents. J'ai un vrai père et une vraie mère. Je m'installe pour de bon. Fini les familles et les centres d'accueil! Je ne suis plus l'enfant de personne. Ni Marélie de nulle part. La vie me prend enfin dans ses bras. C'est Suzanne qui va être contente de se débarrasser de mon cas. Moi aussi j'ai une vraie famille. Avec des airs et tout et tout.

Solennellement, je prends mon petit clou et je cours graver sur la balançoire de David, mon nom, mon vrai nom, que je viens tout juste d'apprendre:

Marélie Brind'Amour

Et, désormais, je vais parader fièrement, main dans la main, avec l'homme le plus connu, le plus aimé, le plus beau de la baie des Chaleurs: mon vrai de vrai père.

C'est quand même dommage pour les AUTRES qui ont des pères bien ordinaires.

Table des matières

Collection Papillon